W0307248

Wolfgang Raffeiner

Der alte Doktor

Wolfgang Raffeiner

Der alte Doktor

Eine wahre Erzählung aus dem alten Tirol

Michael Wagner Verlag

Wahrhaftigkeit verlangt, zu erkennen, was war.
Die Geschichte ist aber auch Gegenstand unseres Urteils.
Wir sollen uns entscheiden, wem wir folgen und was wir verwerfen.
Karl Jaspers

Die Originalausgabe erschien 1994 in der Edition Raetia.
Die vorliegende Ausgabe ist ein unveränderter Nachdruck der bei Löwenzahn erschienenen Ausgabe von 2002.

© 2020 by Michael Wagner Verlag in der Universitätsverlag Wagner Ges.m.b.H.,
Erlerstraße 10, A-6020 Innsbruck
E-Mail: mail@uvw.at
Internet: www.uvw.at

Buchgestaltung nach Entwürfen von himmel. Studio für Design und Kommunikation, Innsbruck/Scheffau – www.himmel.co.at
Umschlag: Günter Reinalter
Satz: Dall'O & Freunde

Gedruckt auf umweltfreundlichem, chlor- und säurefrei gebleichtem Papier.

Bibliografische Information der Deutschen Nationalbibliothek
Die Deutsche Nationalbibliothek verzeichnet diese Publikation in der Deutschen Nationalbibliografie; detaillierte bibliografische Daten sind im Internet über <http://dnb.dnb.de> abrufbar.

ISBN 978-3-7107-6737-1

Alle Rechte vorbehalten. Kein Teil des Werkes darf in irgendeiner Form (Druck, Fotokopie, Mikrofilm oder in einem anderen Verfahren) ohne schriftliche Genehmigung des Verlages reproduziert oder unter Verwendung elektronischer Systeme verarbeitet, vervielfältigt oder verbreitet werden.

Auf einer Anhöhe neben der Stadt Trient, etwa einen Kilometer Luftlinie vom „Castello del buon consiglio“ ostwärts, steht das Kloster und Marienheiligtum „Alle Laste“, was man mit „Bei den Platten“ (Steinplatten) übersetzen könnte.

Im vorigen Jahrhundert war in diesem Kloster die Landesgeburts- und Findlingsanstalt des Landes Tirol untergebracht. In der dritten Klasse dieser Anstalt wurde am 10. Oktober 1861 von einer jungen Frau, sie mochte etwa zwanzig Jahre alt gewesen sein, ein Bub geboren. Nach den damals in Österreich geltenden Bestimmungen war: *„weil verunglückten Personen, die Mütter außer der Ehe geworden sind, das Geheimnis ihres wahren Namens nicht entrissen werden soll“* den Führern der Geburtsbücher vorgeschrieben, *„die Erforschung des wahren Namens der Kindsmutter zu unterlassen und den angegebenen Namen der Kindsmutter mit dem Beisatze – angeblich – in das Geburtsbuch einzutragen; in einen Beweis über die Wahrheit dieses Namens nur dann einzugehen, wenn die Kindsmutter selbst es verlangen sollte“*. Die junge Frau wußte offenbar um diese Bestimmung und ließ ins Geburtenregister eintragen: „angeblicher Name der Mutter: Maria Raffeiner“. Das Kind wurde am Tag nach der Geburt vom Kaplan der Anstalt Peter Solderer auf den Namen Josef Anton getauft. Taufpatin wurde die Hebammenschülerin Anna Planatscher. Im Taufbuch wurden weder über den Vater noch über Wohnort oder Beruf der Mutter Angaben gemacht, vielmehr ist das Kind einfach als unehelicher Sohn der Maria Raffeiner im Taufbuch eingetragen worden.

Einen guten Monat vor dieser Begebenheit (am 4. September 1861) war in dem Orte Brentonico, einem Dorf an der Südgrenze Tirols am rechten Etschufer in schöner Mittelgebirgslage, die schwere Stunde für eine Frau dieses Ortes gekommen.

Die damals achtundzwanzig Jahre alte Frau namens Rosa war die Hebamme des Ortes und war mit dem Schuster Andrea Schelfi verheiratet. Zum Leidwesen der Eltern

starb aber das Kind während der Geburt. Frau Rosa Schelfi geb. Giovanazzi hatte ihre Ausbildung als Hebamme in „Alle Laste“ gemacht und stand mit der Anstalt immer noch in Verbindung. Die Geburts- und Findlingsanstalt „Alle Laste“ gab nun wenige Tage nach der Geburt das Kind Josef Anton Raffeiner der Frau Schelfi zur Pflege. Frau Schelfi konnte den Knaben an ihrer Brust ernähren, und bald schloß sie das Kind in ihr Herz, wie wenn es ihr eigenes gewesen wäre. Ja, sie stillte den Knaben so lange, daß ihm das Stillen immer in guter Erinnerung blieb. Er erzählte später seinen eigenen Kindern, was die Italienerinnen für gute Mütter seien, er selbst sei bis zum dritten Lebensjahr gestillt worden. Bei der Familie Schelfi war der Bub gut aufgehoben. Im Sommer wurde er mit auf die Alm genommen. Dieses Almleben und die Weite der Gebirgswelt des Monte Baldo prägten sich dem Buben tief ein. Im Jahr 1866 hörte er auf der Alm ganz deutlich die Schüsse von Militärgewehren. Es war weiter südlich am Monte Baldo, im Zuge des österreichisch – italienischen Krieges zu einem Scharmützel zwischen Garibaldinern und Tiroler Landesverteidigern gekommen. In diesem selben Sommer bekam er auch ein Brüderchen, dem der Name Fortunato gegeben wurde (geb. am 4. August 1866).
An diese Zeit der Kindheit hat er sich auch als reifer Mann gerne erinnert und davon erzählt. Sicher war es die schönste Zeit seines Lebens, er wußte noch nicht, was er erst später erfahren sollte, er hatte noch nicht die Zweifel, die ihn sein Leben lang verfolgen sollten. Aber schon in diese helle Kinderzeit fallen die ersten trüben Schatten. Auf der Alm spielte er mit einem größeren rothaarigen Jungen, dieser nahm plötzlich von der Feuerstelle einen heißen Stein und steckte ihn dem Kind hinter den Hemdkragen. Als das schreiende Kind endlich von Hemd und Stein befreit war, hatte es eine große Blasen ziehende Brandwunde am Rükken. Da sich Fieber einstellte, mußte er mehrere Tage im Bett zubringen. Zurück blieb eine angedehnte Brandnarbe und eine lebenslange Abneigung gegen Rothaarige.

Im Herbst 1867 begann der Bub die Volksschule in Brentonico. Diese altösterreichischen Volksschulen hatten einen hohen Stand. Besonders Schreiben, Lesen und Rechnen wurde den Kindern gründlich beigebracht. Briefe aus dieser Zeit, auch von einfachen Bauersleuten geschrieben, fallen vor allem durch die durchwegs schöne Handschrift auf. Aber auch die Rechtschreibung und Form der Briefe ist einwandfrei. Heute werden Briefe von solcher Vollkommenheit kaum noch geschrieben. Der hohen Qualität der damaligen österreichischen Volksschulen ist es heute noch, nach über hundert Jahren, zu verdanken, daß in den Provinzen Bozen und Trient die weitaus niederste Analphabetenquote ganz Italiens ist.
Es ward Winter und wieder Frühling, und da kam Unglück über die Familie Schelfi; am 22. Mai des Jahres 1868 starb der Pflegevater Andrea Schelfi. Die Mutter Rosa weinte um ihren Gatten. Es kamen die Verwandten ins Haus, der Tote wurde im Hause aufgebahrt. Still lag er nun da unter dem weißen Leintuch. Ein Öllämpchen brannte zu seinen Füßen auf einem Tischchen. Daneben wurde ein Kessel mit Weihwasser aufgestellt. Nun kamen den ganzen Tag Leute ins Haus, beteten eine Weile beim Toten, sprengten dann Weihwasser über denselben und entfernten sich wieder still. Der Tischlermeister war auch gekommen und hatte das Maß des Toten genommen, um dann in seine Werkstatt zurückzugehen und einen Sarg anzufertigen. Nach ein paar Tagen war dieser fertig, der Tischler rückte damit an, begleitet von einigen Männern. Nun wurde der Tote in den Sarg gehoben und derselbe zugenagelt. Die Hammerschläge hallten dumpf durch das Haus, die Mutter Rosa schluchzte dabei laut auf.
An der Hand der Mutter Rosa ging der Bub bei der Beerdigung hinter der Bahre her. Zum ersten Mal nahm er von einem lieben Toten Abschied.
Ein Jahr später heiratete Mutter Rosa den Landwirt und Viehhändler Sperandio Passerini. Diesem war seine erste Frau weggestorben und hatte ihm zwei Buben hinterlassen,

den nun sechsjährigen Giovanni und den vierjährigen Ettore. Die Trauung fand in aller Eile und Stille im Hause Passerini und nicht in der Kirche statt, wie es sonst üblich war. Vater Passerini hatte es wirklich eilig, am nächsten Tag fuhr er schon wieder gegen Verona, um eine größere Partie Käse zu verkaufen und um anderen Handelsgeschäften nachzugehen. Die Frauen von Brentonico tuschelten, als sie die Mutter Rosa am Morgen nach der Hochzeit aus dem Hause Passerini kommen sahen. Erst später sickerte durch, daß die Trauung schon am Abend vorher stattgefunden habe.
Nun war die Familie größer geworden, Josef, allgemein Beppo genannt, war aber der Älteste der Kinder geblieben. Er hatte nun allerhand Dienste im Hause zu verrichten, Holz und Wasser in die Küche zu tragen, das Vieh zu hüten und im Stall zu helfen. Und wieder begann ein neues Jahr. Vater Sperandio war in der ersten Woche des neuen Jahres zu Hause geblieben. Beppo beobachtete, wie die Tage wieder länger wurden. Dazu hatte der sonst wortkarge Vater Sperandio etwas zu fragen: „Weißt du nun, wieviel der Tag länger wird, nach der Wintersonnwende?“ Beppo wußte es natürlich nicht. Vater Sperandio wußte es auf seine Art:

„a natal
un pa’ de gall
a capo d’ann
un pa’ de can
ad epifania
un pa’ de stria“.
(zu Weihnacht einen Hahnenschritt)
zu Neujahr einen Hundeschritt
zu Dreikönig einen Hexenschritt)

Dem kleinen Beppo war diese Art zu empirisch, er gehörte schon einer Zeit an, die alles messen, wägen und für alles Regeln aufstellen wollte. Er begann zunächst damit,

die Zeit aufzuschreiben, wann die Sonne aufging und wann sie wieder hinter dem Monte Baldo verschwand.
Und als im Juni die Schule aus war, ging's wieder hinauf auf die Alm zu Füßen der Felsen des Monte Baldo. Im August kam die Nachricht aus „Alle Laste“, daß er sich dort einzufinden habe. Was er schon aus Andeutungen seiner Mitschüler so halb erfahren hatte, wurde nun gewiß: Mutter Rosa war nur seine Ziehmutter, er selbst war ein Findelkind. Mutter Rosa, die gerade ein Kind erwartete, hatte verweinte Augen. Nur ungern wollte sie sich von ihrem Beppo trennen. Sie tröstete aber schließlich ihn und sich selbst damit, daß Beppo nun an eine bessere Schule komme, und daß sie sich ja weiterhin sehen würden. Da sie selbst, wegen der bevorstehenden Geburt, nicht mehr nach Trient reisen konnte, nahm sie daheim Abschied von ihrem kleinen Beppo. Vater Sperandio brachte den Buben nach „Alle Laste“.
Dort erfuhr er, daß die Landes- Gebär- und Findelanstalt „Alle Laste“ von jenen „Barmherzigen Schwestern“ geführt und betreut wurde, die ihr Mutterhaus in Innsbruck im Kloster an der „Kettenbrücke“ haben. Es wurde ihm auch gesagt, daß er nicht in „Alle Laste“ bleiben würde, sondern nach Innsbruck ins Mutterhaus fahren müsse.
Er fuhr also über Bozen und Brixen mit der eben vor einigen Jahren neuerbauten Eisenbahn nach Innsbruck. Im Kloster an der Kettenbrücke nahm sich eine Ordensfrau seiner an, die ihm sofort einen tiefen Eindruck machte, bei der er sich geborgen fühlte. Es war Schwester Amalie.
Das Kloster hatte für den Buben schon einen Kostplatz gesucht, und so kam er nun zu einer älteren Frau. Er begann auch damit die vierte Volksschulklasse in Innsbruck zu besuchen. Er konnte nur einige Brocken Deutsch und wurde in der Schule natürlich als „Welscher“ gehänselt. So wurde ihm der Schulbesuch verleidet. Selbstverständlich waren auch die Noten in Deutsch schlecht. Auch zu Hause fühlte er sich bei seiner bigotten Hausfrau alles eher als wohl.

Es war das Jahr 1870, in dem der deutsch-französische Krieg stattfand. Er mußte nun seiner Hausfrau beten helfen, und zwar für beide Kriegsparteien. Seine Zweifel, wem der Herrgott in diesem Falle helfen solle, trug er der gütigen Schwester Amalie vor, die ihn lächelnd damit tröstete, daß er das ruhig dem Herrgott überlassen solle. Teils von seiner Hausfrau, teils von Schwester Amalie selbst erfuhr er den Namen, den dieselbe vor ihrem Eintritt ins Kloster führte: Baronesse Franziska Mages von Compillan. Ihr Vater, Freiherr Mages von Compillan, war durch lange Jahre Bürgermeister von Bozen gewesen. Im Alter von zwanzig Jahren war sie in den Orden der Barmherzigen Schwestern im Kloster an der Kettenbrücke eingetreten. Jetzt war sie fünfundvierzig Jahre alt. Schwester Amalie war sehr gebildet, und der Bub konnte mit ihr italienisch reden.

Josef Anton liebte und verehrte die Schwester Amalie. Vielleicht war in der Zuneigung ein kleiner Vorschuß darauf enthalten, daß ihm Schwester Amalie einmal helfen werde, das Geheimnis um seine Mutter zu lüften. Sie mußte ja von seiner Mutter oder seinem Vater den Auftrag haben, sich seiner anzunehmen. Es ist nichts bekannt, daß er je nach seinem Vater gefragt hätte, er suchte zeitlebens nur nach der Mutter. Wahrscheinlich wußte er über seinen Vater schon sehr früh Bescheid.

Da der Schulerfolg zu wünschen übrig ließ, wurde beschlossen, daß der Bub im nächsten Jahr in Bozen die Volksschule weiter besuchen sollte, wo es für einen italienischsprechenden Schüler leichter war, da dort mehrere italienische Kinder deutsche Schulen besuchten.

Schwester Amalie schrieb an ihre auf dem väterlichen Ansitz verbliebene Schwester Maria, und diese besorgte auch eine Unterkunft für den Buben. Nachdem die Schule ihre Tore schloß, wäre der Knabe wieder gerne nach Brentonico gefahren. Er wußte aus Briefen der Mutter Rosa, daß sie, kurz nachdem er im Sommer weggegangen war, ein Mädchen bekommen hatte, das man auf den Namen

Luisa getauft hatte. Es wurde aber für gut befunden, den Buben zunächst in deutscher Umgebung zu belassen, damit er besser Deutsch lerne.
Im Sommer dieses Jahres werden auch einige rechtliche Sachen des Buben in Ordnung gebracht. Es ist nicht ganz klar, aus welchem Grund, auf alle Fälle erhielt er (oder hatte er schon erhalten) das Heimatrecht der Stadt Innsbruck. Das Heimatrecht hatte damals große Bedeutung, weil die Heimatgemeinde die Fürsorgepflicht für ihre Bürger hatte. Eine größere Gemeinde sorgte meist besser für die Hilfsbedürftigen als eine kleine Gemeinde.
Am 13. August 1871 wurde Herr Georg Knoll jun., Handelsmann, vom Bezirksgericht Innsbruck zum Vormund über Josef Anton Raffeiner, Findling, bestellt, und er nahm dieses Amt am 4. September an.
Bevor der Bub nach Bozen fuhr, trug ihm Schwester Amalie unter anderem auf, ihre Schwester Maria und ihren Vater öfter zu besuchen. Also besuchte er die Familie von Compillan nach seiner Ankunft in Bozen. Aber während er Amalie herzlich zugeneigt war, stieß ihn die Baronesse Maria ab. So stattete er dem Hause des Freiherrn nur widerwillig und Schwester Amalie zuliebe ab und zu einen Besuch ab und war immer froh, wenn er die leidige Sache erledigt hatte.
Inzwischen hatte der Knabe die letzte Klasse der Volksschule in Bozen begonnen. Er wohnte in der Rauschertorgasse in einem Haus, das beim späteren Bau der Herz-Jesu-Kirche abgebrochen wurde. Durch die Gasse ging damals noch die offene Ritsch, an deren Rand schräge Bretter angebracht waren, auf denen die Boznerinnen, die nicht einem höheren Stande angehörten, ihre Wäsche wuschen.
Er absolvierte die Volksschule in Bozen und trat im nächsten Herbst in das Gymnasium der Franziskaner ein. Um diese Zeit überreichte der Vormund ein handgeschriebenes Gesuch mit folgendem Wortlaut:
Löbliches k. k. Bezirksgericht als Vormundschaftsbehörde!
Der ergebenst Gefertigte wurde mit Dekret vom 13. August 1871 No. 5345, 3965 Pup. zum Vormunde über Josef

Anton Raffeiner Findling geboren in „Alle Laste" am 10. Oktober 1861 ernannt.
Nachdem dieser Josef Anton Raffeiner sich als sehr talentiert erwiesen hat, haben sich mehrere Wohltäter gefunden, ihn zu unterstützen, damit es ihm möglich werde, sich auszubilden und Schulen zu besuchen resp. zu studieren. Leider genügen diese Beiträge nicht vollständig zu seinem Unterhalte, bis er nicht in die Lage kommt, durch Ertheilung von Lektionen sich selbst etwas zu verdienen, weshalb der ergebenst Gefertigte die Bitte stellt: Das löbl. k. k. städt. deleg. Bezirksgericht wolle gütigst ein Gesuch an den löbl. Landesausschuß gelangen lassen, damit Josef Anton Raffeiner von diesem eine Unterstützung seiner Studien erhalte.

Innsbruck, den 8. September 1872.
Gez. Johann Georg Knoll

Dieses Gesuch wurde vom Bezirksgericht am 11. September 1872 an den Landesausschuß weitergeleitet.
Am 27. September 1872 antwortet der Landesausschuß ablehnend, und zwar unter Hinweisung auf P. 27 des Heimatgesetzes vom 3. Dezember 1863, *„weil der Findling Raffeiner von unbekannter Mutter geboren und vermöge des obcitierten Gesetzes 19, Punkt 3 in Innsbruck heimatberechtigt ist".*
Für uns, die wir an die monate- und jahrelangen Termine unserer Gerichte und Ämter gewöhnt sind, ist es beinahe unglaublich: Dieses Gesuch wurde von zwei Behörden innerhalb von 19 Tagen erledigt und beantwortet.
Ob die Stadt Innsbruck das Studieren des Knaben unterstützt hat, ist nicht bekannt, jedenfalls waren zur rechten Zeit die Mittel vorhanden, um sein Studium zu gewährleisten. Das Leben in Bozen behagte dem jungen Studentlein.
Im Haus an der Ecke Obstmarkt-Silbergasse (heute Café Gostner) war eine Schmiede, und mitten am heutigen Obstmarkt stand ein Pfrenger, in welchem die Ochsen

festgebunden wurden, damit man ihre Hufe beschlagen konnte.

Die Stadt Bozen war damals noch klein. Das im Jahre 1859 erbaute Spital stand wegen der Ansteckungsgefahr außerhalb der Stadt inmitten von Weingärten. Im Gegensatz zu unserer Zeit wüteten damals oft epidemische Krankheiten. Anläßlich einer Pockenepidemie erkrankte auch der Bub an dieser Seuche und wurde in das Spital eingeliefert.

Im Spital, das damals neu war, hat es dem Buben gut gefallen. Er bewunderte die Arbeit der Ärzte, ihre Menschenfreundlichkeit und Hilfsbereitschaft. Die Seuche wütete stark, so daß an jedem Tag so viel Menschen starben, daß nicht mehr für jeden einzelnen, sondern nur mehr für alle am selben Tag Verstorbenen, abends das Zügenglöcklein (Sterbeglocke) geläutet wurde. Denen, die an der Seuche nicht starben, blieb gewöhnlich ein von Narben entstelltes Gesicht zurück. Der Knabe heilte aber besonders gut aus, es blieb ihm keine Pockennarbe zurück.

Neben seinem Studium, dem er nicht gerade mit übertriebenem Eifer nachging, lernte er auch Schwimmen und wurde ein so guter Schwimmer, daß er die Etsch beim Spitz überquerte. Der Spitz war der Zusammenfluß von Etsch und Eisack, welcher damals etwas talabwärts von Sigmundskron war.

Als nach einem schweren Unwetter die Talfer grob daherrann und aus dem Sarntal Rundholz, Bretter und anderes Treibholz heraustrug, half der Bub den Leuten, die mit langen Hacken das Treibholz herausfischten. Die Anrainer am Talferufer hatten das „Treibholzrecht“, das heißt, alles an ihr Ufer geschwemmtes Treibholz fiel ihnen zu. So half man dem gütigen Schicksal noch gerne etwas nach. Bei dieser Treibholzfischerei hatte sich der Knabe auch eine gute Samthose so verdorben, daß er nur noch Stücke nach Hause brachte.

Mutter Rosa war weiterhin um ihren Beppo mütterlich besorgt, wie nachstehender Brief zeigt:

Brentonico il 10/4/76

Caro figlio
Ho ben ragione di lagnarmi della tua lunga tardanza nello scrivermi, ma però son consolata nel sentire che sei sano come lo siamo noi tutti di famiglia, cioè tuo padre, Fortunato, vale a dire tutti. Ho incombenza di salutarti a nome del Signor Parrocco, di tutti i tuoi zii, fratelli ed amici e a nome di tutti ti raccomando di ubbedire i tuoi superiori di essere diligente e premuroso nell'addempimento dei tuoi doveri, e di studiare con assiduità, che ti troverai contento. Se Dio mi conserva in vita entro l'estate verrò a trovarti, quando però siano contenti i tuoi superiori, ai quali chiederai il permesso, e me lo scriverai. Affinchè tu possa alla meglio passar bene le S. Feste che ti auguro felici ti includo un fiorino, un sol fiorino, a motivo che te ne ho spedito molte volte e non mi hai mai scritto il ricevimento.
Intanto augurandoti ogni felicità e raccomandandoti il timor di Dio, e di pregare Iddio per me, accetta un caldo bacio dall'affezionata tua madre.

Rosa Passerini
Addio vivi felice

(Übersetzung)

Brentonico, den 10/4/76

Lieber Sohn
Ich habe allen Grund mich zu beklagen, wegen der Seltenheit, mit der Du mir schreibst, aber ich bin getröstet, weil ich vernommen habe, daß Du gesund bist, so wie wir alle in der Familie es auch sind, das sind alle, der Vater, Fortunato, sowie alle übrigen.
Ich habe den Auftrag Dich vom Herrn Pfarrer zu grüßen und von allen Deinen Onkeln, Brüdern und Freunden. Im Namen aller trage ich Dir auf, Deinen Vorgesetzten zu gehorchen, fleißig zu sein und besorgt bei der Erfüllung Deiner Pflichten und mit Hingabe Deinen Studien nachzugehen, dann wirst Du Dich wohlfühlen. Wenn Gott mich am Leben erhält, so

komme ich Dich vor dem Sommer besuchen, wenn es Deinen Vorgesetzten recht ist, die Du um Erlaubnis fragen mußt, von der Du mir berichten wirst.
Damit Du die Feiertage so gut als möglich verbringen kannst, wünsche ich Dir Glück und schließe einen Gulden bei, einen einzigen Gulden nur und zwar deswegen, weil ich Dir schon viele geschickt habe und Du hast mir nie geschrieben, ob Du sie erhalten hast.
Indem ich Dir alles Glück wünsche und Dir die Gottesfurcht empfehle, bitte ich Dich für mich zu beten. Nimm einen heißen Kuß von Deiner Dich liebenden Mutter

Rosa Passerini.

Behüte Dich Gott, lebe glücklich.

Als Student nahm er natürlich auch am geselligen Leben seiner Mitstudenten und an ihren Streichen teil. Die Stundentenstreiche waren zur damaligen Zeit viel mehr im Schwung als heute. Mit den Stadtpolizisten stand die ganze Studentenschaft meist auf Kriegsfuß.
Im Rahmen eines dieser Streiche schlug der Student die Auslagscheibe beim Told unter den Lauben ein.
Der Schwester Amalie in Innsbruck schrieb er liebe- und ehrfurchtsvolle Briefe, und sie schrieb ihm mahnend und gütig zurück und bat ihn immer wieder, ihre Schwester zu besuchen. Der Student fügte sich, ward aber bei jedem Besuch vom Wesen der adeligen Dame Maria Mages von Compillan mehr und mehr abgestoßen.
Fünf Kurse hat er nun hinter sich gebracht, und es zieht der Herbst 1877 ins Land. Unser Student verläßt Bozen und beginnt den 6. Kurs bei den Franziskanerpatres in Hall. In Bozen war er ein schlechter Schüler, in Hall ein sehr guter.
Innsbruck ist von Hall aus in etwas mehr als einer Gehstunde erreichbar. Diese Nähe benützte der Student nun öfter, um Schwester Amalie aufzusuchen. Die Gute litt zunehmend an einer schweren Zuckerkrankheit.

Die Matura legte der Student im Frühsommer 1880 ab. Bald danach begann der Besuch der medizinischen Fakultät in Innsbruck.
Der junge Medizinstudent versuchte immer dringender bei Schwester Amalie über seine Mutter etwas zu erfahren, denn sie mußte über alles Bescheid wissen. Schwester Amalie bat ihren Schützling, die Nachforschungen aufzugeben, er sei guter katholischer und deutscher Leute Kind, und das solle ihm genügen.
Eigenartig ist, daß am 8. Dezember 1880 der Podestà von Trient in Innsbruck Erkundigungen über das Schicksal des Josef Anton Raffeiner einholte.
Mit Schwester Amalie ging es gesundheitlich bergab, man mußte ihr ein Bein amputieren. Doch die fromme Frau trug alle Leiden mit großer Geduld. Immer noch versuchte der Student etwas von seiner Mutter zu erfahren, ja er muß schon ganz nahe daran gewesen sein, das Geheimnis zu lüften. Da bittet ihn Schwester Amalie inständig, von seinen Nachforschungen zu lassen, die Gottesmutter als Mutter anzunehmen und sein Leid auch geduldig zu tragen. Kurze Zeit später (am 3. März 1882) starb Schwester Amalie. Vor ihrem Tod bittet sie die Schwester Lazzarina für den Studenten weiterhin zu sorgen.
Aus dem Nachlaß der Schwester Amalie erhält er ein mit Perlmutter eingelegtes Holzkreuz und eine Ausgabe der „Nachfolge Christi" des Thomas von Kempen. Diese Andenken hielt er immer hoch in Ehren. Er hatte nun die treueste Seele, die ihm in seinem Leben begegnet war, verloren. Manchmal hatte er wohl darüber nachgedacht, ob nicht Schwester Amalie seine Mutter sein könnte oder ihre Schwester Maria Mages von Compillan. Aber das war gänzlich auszuschließen: Erstens stimmte das Alter der beiden Schwestern mit dem mutmaßlichen Alter seiner Mutter nicht zusammen. Es war ihm erzählt worden, daß seine Mutter bei seiner Geburt sehr jung gewesen sei. Also konnte sie jetzt höchstens knapp über vierzig sein. Die beiden Schwestern aber waren beinahe um zwanzig Jahre älter.

Zweitens hätte die Familie Mages von Compillan auch ein uneheliches Kind ohne weiteres im eigenen Haus aufgezogen. Anders mußte es bei seiner Mutter sein. Die mußte triftige Gründe gehabt haben, ihre Existenz zu verbergen. Lebenslust und Schaffenswille begannen wieder die Gefühle der Trauer und Verlassenheit, die sich beim Tod der Schwester Amalie eingestellt hatten, zu vertreiben.
Mit Hingebung studierte er Medizin und Naturwissenschaften, von diesen besonders Botanik. Josef Anton Raffeiner führte bald ein geselliges Studentenleben, er tanzte gerne und gut und war bei seinen Kollegen beliebt und geachtet.
Mit einigen dieser Kollegen zusammen gründete er den Akademischen Verein der Mediziner in Innsbruck. An der Universität rückte er bald zum Demonstrator der Anatomie auf. Er erzählte später seinen Kindern von den unwürdigen Zuständen auf der „Pathologie". Das Sezieren war beinahe unerträglich. Die Studenten forderten eine Neuanlage. Eine Kommission wurde beauftragt, den Fall zu prüfen. Um den Zustand noch zu unterstreichen, versteckten die Studenten vor Ankunft der Kommission noch überall stinkende Leichenteile. Die Kommission machte bald wieder kehrt, die Verbesserung der Zustände wurde in Angriff genommen.
Längere Zeit lebte er mit einem anderen Medizinstudenten zusammen, der aus reichem Hause war. Der Student hieß Bilgerie und war aus Vorarlberg. Da beide Tierfreunde waren, hatten sie bei Regenwetter des öfteren von der Straße aufgelesene nasse herrenlose Hunde bei sich auf der Bude zum Übernachten.
Dieser Bilgerie war einmal einige Wochen abwesend. Vor der Abreise hatte er gesagt, daß er eine Alm verkaufen müsse. Bei seiner Rückkehr war er bedrückt und wollte abends nochmals ausgehen. Endlich fragte er seinen Zimmerkollegen, ob er ihm nicht etwas Geld leihe. Als Josef Anton daraufhin fragte, was mit der Alm gegangen sei, antwortete Bilgerie: „Verkauft und verbraucht".

Am 4. Mai 1882 teilte der Vormund Johann Georg Knoll dem Vormundschaftsgericht folgendes mit:
„Mein Mündel befindet sich derzeit in Innsbruck und studiert Medizin. Er führt sich sehr brav auf und studiert fleißig. Vermögen ist keines vorhanden.“
Am 10. Oktober 1885 wird stud. med. Josef Raffeiner großjährig erklärt und mit 1. November die Vormundschaft gelöscht.
Als Student muß er immer mit genügend Geld ausgestattet gewesen sein. Immer wieder lieh er solches auch seinen Kommilitonen, wenn bei denen gerade Ebbe herrschte. Wie sehr das „Geldpumpen“ unter Studenten damals im Schwunge war, erläutert nachstehender an unseren angehenden Mediziner gerichteter Brief.

Lieber Freund!

Neumarkt, am 14.08.1883

Heute übergab ich per Postanweisung den Dir schuldigen Betrag von 6 Gulden 50 Kreuzer und danke Dir hierfür bestens. Du schreibst in einem an mich gerichteten Brief, daß Du keine Grobheiten von Seiten meines Papa annehmen wirst, wie Eder. Ich weiß von keinen Grobheiten, welche mein Vater dem Eder gegenüber zum Ausdruck gebracht hätte. Ich weiß nur, daß Eder seine 3 Gulden, die ich von ihm beim Breinößl schon vor einigen Monaten bei einer Kegelpartie gepumpt habe, und um die er mich in Innsbruck nie angegangen ist, erhalten hat, welche er ohne dem Vater zu schreiben erhalten hätte. Aus dem Retour-Briefe, den Eder meinem Vater geschrieben hat und den ich zu lesen bekommen habe, könnte man eher Grobheiten herausfinden. Ich ersuche Dich dem Eder hiervon keinerlei Bemerkung zu machen, indem ich die Sache als beigelegt betrachten will und in Innsbruck wieder mit ihm zusammenkomme.
Der Grund, weswegen ich nach meiner Abreise nicht mehr nach Innsbruck kam, war nicht, wie Du Dir denkst,

daß ich im Sinne hatte abzubrennen und meine Collegen mit den kleinen Beträgen, die sie mir aus Gefälligkeit geliehen, sitzen zu lassen, sondern schuld daran war ein meiniger Collega, der schon, bevor ich nach Neumarkt kam, an meinen Vater einen Brief richtete in der Meinung, er würde den kleinen Betrag vor seiner Abreise nicht mehr erhalten. Der Vater, der in dieser Beziehung sehr streng ist und nichts wissen will von Schuldenmachen oder Geldleihen, war darüber erzürnt und verhinderte meine Abreise. Sonst hätte ich Dich und einige wenige andere Collegen schon lange befriedigen können, um so mehr, als ich in Innsbruck ebenfalls Geld einzutreiben gehabt hätte, womit allein ich meine Gläubiger hätte befriedigen können.

Hoffentlich wirst Du, da ich Dich so lange warten ließ und zögerte, mir nicht böse sein. Wenn Du eine Vergütung für Deine Auslagen bezüglich der Briefe etc. willst, bin ich gerne dazu bereit. Auch hoffe ich, daß Dir durch zu späte Einsendung der Schuld kein Nachteil erwachsen ist ...

Indem ich Dir nochmals herzlich danke und Dich um eine gelegentliche Empfangsbestätigung ersuche, verbleibe ich Dein Freund

Joh. Holzknecht

Die Suche nach seiner Mutter hatte er immer noch nicht aufgegeben. Er hatte erfahren, daß bei seiner Geburt eine Ordensschwester namens Elisabeth Tauber anwesend war. Diese Schwester lebte nun in Bergamo. An sie schrieb er und erhielt von ihr nachstehenden Brief:

Geehrter Herr Josef.

Unendlich thut es mir leid, daß ich Ihnen Ihrem sehnlichem Verlangen gemäß keine nähere Auskunft über den Wohnort und andere Verhältnisse Ihrer Mutter geben kann, so viel ich mir alle Mühe gab mit der Hilfe Gottes mein schwaches Gedächtnis anzustrengen, ist alles vergebens und weder Name noch andere Verhältnisse Ihrer Mutter, kann ich mir ins Gedächtnis zurückrufen. Auch

die Äußerung von ihr gemacht: „Wenn das Kind aufkommt werde sie das Möglichste dafür thun“, kann mir kein helles Licht geben, da ich diese Äußerung von hunderten dieser unglücklichen Mütter gehört habe, die wenigsten aber kamen zur Ausführung ihres sehnlichen Verlangens ...
Sie tröstete ihn mit dem Hinweis auf die Gottesmutter und empfiehlt eine neuntägige Andacht zum Gnadenbild Mariahilf in Innsbruck und endet: *ich werde ein Gleiches für Sie thun, um für Sie lieber Josef, die Gnade zu erbitten Ihre Mutter zu finden oder eine gänzliche Ergebung in den hl. Willen Gottes zu erhalten.*
Der ganze Brief ist in deutscher Kurrentschrift geschrieben, nur die letzten Worte sind in lateinischer Schrift:
Suor M.a Elisabetta Tauber
Am Umschlag kritzelte Josef Anton hin:
Empfangen am 21. August ... (unleserlich) *werde noch einen anderen Trumpf ausspielen, wenn Dekan Glatz nichts aufstöbert.*
Was mit diesen Worten gemeint war, weiß ich nicht. Wer seine Mutter war, hat Josef Anton nie erfahren. Aber ob ihre Worte, „sie werde das Möglichste für ihr Kind tun“, nur leeres Gerede war, ist nicht ganz sicher. Jedenfalls hat für ihn eine unsichtbare Hand immer gesorgt.
Während seines Medizinstudiums begann Josef Anton eine Liebschaft mit einem Mädchen aus Hötting namens Maria Streli. Es muß wohl eine Liebe von der Art gewesen sein, wie sie Cervantes in seinem Hauptwerk schildert: *Die Liebe Jugendlicher ist in den meisten Fällen gar keine, sondern Begierde, die ihr letztes Ziel im Lustgenuß hat und nachdem sie denselben erreicht hat, ihr Ende findet, was Liebe schien, geht ein. Denn sie kann die Grenze, die ihr die Natur gesetzt, hat nicht überschreiten, eine Grenze die nicht gesetzt wurde für das, was wahre Liebe ist.**

* Freie Übersetzung aus Miguel de Cervantes –Don Quijote- cap. XXIV

Der Leser wird sich fragen, wieso ich dieses annehme. Nun meine Annahme hat seine Gründe:
Obwohl Fräulein Maria Streli durch das Verhältnis guter Hoffnung wurde und einen Sohn bekam, der auf den Namen Josef getauft wurde, lehnte er, der nun Vater geworden war, eine Heirat auch später immer ab.
Aber da ist noch ein anderer Grund. In den zahlreichen Briefen, die später zwischen Maria Streli und Josef Anton geschrieben wurden, ein Briefwechsel, der sich hauptsächlich um den jungen Josef Streli, dessen Erziehung und Studium und um die Unterhaltszahlungen für denselben drehte, wurde immer und von beiden Seiten das „Sie" und nie das „Du" in der Anrede verwendet. Mit dem „Sie" wollte man Distanz bewahren aber auch ehren. Das „Du" drückte Freundschaft und Gleichrangigkeit aus.
Das Studium ging nun seinem Ende zu, und er erhielt sein Doktordiplom. Es ist auf Pergament geschrieben und trägt am unteren Ende, von einer Metallkapsel geschützt, das rote Wachssiegel der Universität Innsbruck. Der lateinische Text beginnt mit den Worten:

Sub auspiciis
Augustissimi Imperatoris ac Regis ...

beiläufig übersetzt: Unter der Schirmherrschaft des erlauchtesten Kaisers und Königs ...
Das Diplom befähigt Josef Anton als Arzt der allgemeinen Medizin, der Chirurgie, der Augenheilkunde und der Gynäkologie. Bezeichnend für den damals noch bestehenden Vielvölkerstaat sind die Namen der drei unterzeichneten Professoren:
Prof. Dr. C. Nicoladoni Rektor
Prof. Dr. Baron Prokopius Rokitansky Dekan
Prof. Dr. Emilian Ehrendorfer Promotor.

Das Diplom trägt das Datum des 3. März 1888. Im Mai desselben Jahres wurde Josef Anton vom Bezirksgericht Innsbruck zum Vormund über Josef Streli ernannt.

An dieser Stelle muß ich dem Leser eröffnen, daß Josef Anton mein Großvater väterlicherseits geworden ist. Als ich geboren wurde, lag er schon mehr als fünf Jahre unter der Erde des Petersberger Friedhofes. Das Grab, das er mit seinen Söhnen Karl und Josef teilt, liegt an der Friedhofmauer gegenüber dem Haupteingang der Kirche, am Fuße des großen Holzkreuzes, unter der rechten Hand des Gekreuzigten.

Obwohl ich also diesen Großvater nur aus Erzählungen und Schilderungen kenne, hat sein Leben doch seit meiner Jugend mir immer wieder zu denken gegeben. Ja, besonders in meiner Jugend, die ich zu einem großen Teil in den Dörfern Petersberg und Aldein verbracht habe, war die Erinnerung an den „alten Doktor" bei älteren Leuten noch sehr lebendig.

Aus diesen Erzählungen ging hervor, daß der Großvater seinen Beruf als Arzt nicht in erster Linie wegen des Geldverdienens, sondern aus Menschenfreundlichkeit und Liebe zu diesem Beruf ausübte.

Er äußerte frei seine Meinung und kleidete sich sorglos, als wollte er sagen, nicht aufs Kleid, auf den Menschen kommt es an. Eitelkeit verabscheute er.

Noch etwas ist mir immer nahe gegangen.: die Tragik, die sein ganzes Leben begleitete. So versuche ich zu erzählen, was mir selbst erzählt worden ist, oder was ich in alten Briefen und Aufschreibungen gefunden habe.

Sein Praktikum absolvierte er an Innsbrucker Kliniken. Zwischendurch leistete er auch Dienst als Aushilfsarzt. So eine Zeitlang in Kössen im Unterinntal. Dort gefiel es ihm nicht. Besonders der Brauch, jedem als Willkommengruß Schnaps vorzusetzen, mißfiel ihm.

Ein anderes Mal wurde er gefragt, ob er bereit sei, eine Aushilfe in Brentonico zu übernehmen. Gerne nimmt er an. Welche Freude, wieder einmal am Ort, wo er seine glückliche Kindheit verlebt hatte, zu weilen, alte Freunde zu treffen und im Kreise der Familie Passerini schöne Stunden und Tage zu verbringen. Die beiden Töchter, die erst nach seinem Weggang geboren wurden, waren zu hübschen Mädchen herangewachsen. Luise, die ältere, war Lehrerin geworden. Sie verliebte sich in den jungen Arzt, und man schrieb sich noch durch ein paar Jahre schöne und heiße Briefe. Aber die wahre Liebe ist es dann doch nicht geworden.

Während seines Praktikums an der Universitätsklinik liegen dort als Patienten auch zwei Frauen aus Deutschnofen. Den jungen Mediziner beeindruckt die würdige Art, wie dieselben ihre Gebrechen tragen, und ihm gefällt ihre schöne Sprache. Bei solchen Menschen möchte er einmal wirken. Bald darauf traf an der Universität eine Abordnung der Gemeinde Deutschnofen ein, die dringend einen Gemeindearzt suchte. Diese redete nun auf Josef Anton ein, er solle sofort nach Deutschnofen kommen. Er sagte, er müsse erst sein Praktikum machen. Die Abordnung trug ihm an, sie würde ihn auch ohne Praktikum sofort als Gemeindearzt anstellen. Das lehnte Josef Anton ab, versprach aber nach Deutschnofen zu kommen, sich die Arbeitsbedingungen anzuschauen und, wenn man einig würde, nach Beendigung seiner Ausbildung die Stelle anzutreten. Bei einem nachträglichen Besuch in Deutschnofen gefiel es ihm so gut, daß er sich entschied dort anzufangen.

Damals stand auch die Gemeindearztstelle von Kastelruth offen. Doch wie gesagt, es zog ihn nach Deutschnofen, nach seinen weiten Wäldern, nach dem Blick auf die Rosengartengruppe, auf den geheimnisvollen Latemar, auf das einfache Dreieck des Zanggen und auf den südlichsten Ausläufer der Dolomiten, das nahe Weißhorn.

Er kehrte nach Innsbruck zurück, um das Praktikum zu beenden. Bevor er noch die Stelle antrat, hatte sich in Deutschnofen das Gerede verbreitet, daß der neue Doktor, der kommen sollte, der uneheliche Sohn des Erzherzogs Carl Ludwig, des früheren Statthalters von Tirol, sei.

Wir müssen uns an dieser Stelle mit der Annahme weiterhelfen, Josef Anton war der Inhalt dieses Geredes schon

längst bekannt und daß er nur deswegen nie nach seinem Vater gesucht hatte, weil er ziemlich genau wußte, wer es war. Auf der Suche nach seiner Mutter hat er sicher auch das Leben des Erzherzogs Carl Ludwig durchforscht. Dabei hatte er herausgefunden, daß dieser Habsburger, der ein jüngerer Bruder des regierenden Kaisers Franz Josef war, am 30. Juli 1833 geboren wurde. Vom jungen Erzherzog sagte seine Mutter, daß er ein Bauernbub sei und mehr den Lothringern als den Habsburgern nachschlage. Der Urgroßvater des Buben, der Gatte der Kaiserin Maria Theresia, war Franz von Lothringen gewesen.
Seine Lehrer und Instruktoren waren mit ihm nicht zufrieden, er galt als unbegabt und bequem, wenn nicht faul. Der Hofkaplan sagte, er habe oft den Eindruck, Carl Ludwig höre ihm beim Vortrag gar nicht zu. Trotzdem oder gerade deswegen, weil er sich sein Denken nicht zuviel durch die Gedanken und Meinungen anderer stören ließ, erwiesen sich seine Lebensauffassung und seine Urteile oft viel richtiger als die seines kaiserlichen Bruders.
1855 wurde Carl Ludwig zum Statthalter von Tirol ernannt und residierte nun in der Innsbrucker Hofburg. Ein Jahr später heiratete er 23 Jahre alt in Dresden seine Cousine, die erst 16jährige Prinzessin Margarethe von Sachsen.
Doch dieses eheliche Glück dauerte nur kurz. Margarethe starb schon zwei Jahre später an einer geheimnisvollen tückischen Krankheit, an der auch zwei weitere ihrer Geschwister im Blütenalter starben. Nach dem Tode Margarethens blieb Carl Ludwig vier Jahre Witwer. Diese Zeit ist für Josef Anton besonders wichtig, denn er wurde geboren, als Carl Ludwig drei Jahre Witwer war. Es galt herauszubringen, mit welchen Frauen sich der Erzherzog in dieser Zeit, die er ja zumeist in Innsbruck verbrachte, abgegeben hat. Wie wir schon gehört haben, war Josef Anton nahe daran, das Geheimnis zu lüften, als ihn Schwester Amalie inständig bat, von seinen Forschungen abzulassen, weil er sonst Menschen unglücklich mache.

Warum aber hatte der Erzherzog seine Mutter nicht geheiratet? Nun, dem stand das österreichische Thronfolgegesetz im Wege, wonach die Erzherzöge verpflichtet waren, nur Ehen mit Hochadeligen einzugehen und nur Kinder aus solchen Ehen zur Thronfolge zugelassen waren.
Carl Ludwig war nun nicht der Mann, der sich alle Unannehmlichkeiten aufgehalst hätte, die mit einer morganatischen Ehe verbunden gewesen wären. Denn Josef Antons Mutter stammte sicher nicht vom Hochadel. Carl Ludwig zog es daher vor, noch ein paar Jahre Witwer zu bleiben, und heiratete dann in Venedig wiederum eine, aber etwas weitschichtigere Verwandte, Maria Annunziata aus dem napolitanischen Hause Bourbon. Ihr Vater war Ferdinand II. König beider Sizilien.
Maria Annunziata war bei ihrer Hochzeit 19 Jahre alt. Sie schenkte drei Söhnen und einer Tochter das Leben und starb 28jährig an Tuberkulose.
Ihr erstgeborener Sohn Franz Ferdinand, auf den wir noch zurückkommen werden, wurde am 18. Dezember 1863 geboren.
Nachdem Maria Annunziata gestorben war, blieb Carl Ludwig 2 Jahre Witwer und heiratete dann, er war jetzt 40 Jahre alt, die 18jährige Infantin Maria Theresia von Portugal – Braganza. Die Wiener spöttelten: der Erzherzog braucht junge Frauen und alten Wein zu seinem Wohlbefinden.
Maria Theresia wurde seinen Kindern eine liebenswürdige und gütige Stiefmutter.
Dies war der Mann und seine Familie, von dem die Deutschnofner wähnten, daß er der illegitime Vater des erwarteten Doktors sei.
Im Herbst 1889 übernahm der junge Arzt die Gemeindearztstelle in Deutschnofen. Zum großen Sprengel dieser Gemeinde gehörten auch die Orte Eggen, Birchabruck, Rauth und Petersberg. Die weitesten Höfe und Häuser des Sprengels lagen gute drei Wegstunden vom Hauptort Deutschnofen entfernt. Aber unser junger Arzt war ein

guter Fußgänger. Dazu liebte er seinen Beruf über alles. Von der Gemeinde bezog er ein Wartgeld, freie Wohnung und Brennholz. Dafür mußte er unter anderem auch die Insassen des Spitals (Altersheim) unentgeltlich versorgen, nur die Medikamente durfte er verrechnen.
Ausgerechnet im ersten Jahr traten ein paar epidemische Krankheiten auf, so daß die Pfründner im Spital viel krank waren und auch in der Mehrzahl starben. Die Medikamentenrechnung war ziemlich angestiegen. Der junge Arzt präsentierte die Rechnung dem Vorsteher, wie man damals den Bürgermeister nannte, mit den entschuldigenden Worten: „Heuer ist die Medikamentenrechnung ziemlich hoch.“ Doch der Vorsteher, es war Josef Zelger Poll, tröstete ihn gleich: „Macht nix, aber aufgräumt haben Sie im Spital, Herr Doktor.“
Zum Wirkungskreis des jungen Arztes gehörte auch das Kloster Weißenstein. Dieses Kloster strebte damals seinem Höhepunkt entgegen. Mit über 50 Stück Großvieh war es der größte Hof der Gemeinde, dazu hatte es ein gutgehendes Gasthaus und große Waldungen. Immer war in Weißenstein reger Betrieb, die Regglberger und Leute aus dem ganzen Land trafen sich dort. Im Kloster lebte damals noch eine größere Zahl Patres und Brüder.
Josef Anton befaßte sich immer auch mit Politik. Er wußte, welchen Einfluß auf das Leben und Wohlergehen der Menschen politische Entscheidungen und Fehlentscheidungen haben. Aber er diskutierte nicht nur gerne über hohe Staatspolitik, sondern war auch an der Dorfpolitik interessiert. Mit dem Pfarrer von Deutschnofen und einigen anderen plante und gründete er die Raiffeisenkasse Deutschnofen, die in der Folge nicht unerheblich für die wirtschaftliche Entwicklung des Gebietes beigetragen hat. Er besprach mit seinen Freunden auch das neueste hochpolitische Ereignis: der deutsche Kaiser Wilhelm II hatte seinen Kanzler Bismarck entlassen (März 1890). Bismarck war einer jener Staatsmänner, die es durch geschickte Politik zustande brachten, daß in Europa ab dem Wiener Kongreß (1815) ein knappes Jahrhundert lang

keine größeren Kriege stattfanden, und dies trotz großer sozialer Umwälzungen. Besonderes Gewicht legte Bismarck auf gute Beziehungen Deutschlands zu Rußland, aber nach der Schlacht bei Königgrätz (1866) auch zu Österreich.
Nun hatte der säbelrasselnde Wilhelm Narrenfreiheit. Bismarck war berechenbar gewesen, Wilhelm war unberechenbar. Sorge begann sich in Europa breitzumachen.
Während einerseits die allgemeine politische Unsicherheit wuchs, verbreitete sich die Kunde einer Heiligen in Radein, die Blut schwitzen sollte. Angela Darocca auf dem Faschangütl (Faschaner wurden die Leute aus dem Fassatal genannt) war ein bildhübsches Mädchen mit einem bleichen Gesichtchen voller Grazie. Sie wurde von ihren Brüdern dazu angestiftet, sich als Heilige auszugeben, die von Zeit zu Zeit die Wundmale des Gekreuzigten bekam. Nur der älteste der Brüder, dessen Nachfahren heute noch am Faschangütl leben, hatte mit der Sache nichts zu tun. Wahrscheinlich litt das Mädchen an einer geistigen Störung oder an einem krankhaften Geltungstrieb, sonst wäre die Sache wohl nie so lange gelaufen.
Der Ruf der Radeiner Heiligen verbreitete sich rasch im Lande, und immer mehr Leute zogen aus, um die Stigmatisierte zu sehen. Die Radeiner Wirtshäuser, allen voran der „Zirmerhof", machten ein Bombengeschäft. Es kam soweit, daß in den Nachbardörfern die Leute sich in zwei Parteien spalteten, die einen, die an die Heiligkeit der Angela Darocca glaubten, die anderen, welche die „Heilige Angelika" nicht akzeptierten oder nur über sie spöttelten. Zu den letzteren gehörte auch die Steinacherbäuerin in Petersberg. Dort war Angela, bevor sie die Wundmale empfing, in Dienst gestanden. Die Steinacherbäuerin begründete ihren Unglauben so: „Mir hat sie ein Leintuch gestohlen, und Heilige, die stehlen, verehre ich nicht."
Andere aber waren von der neuen Heiligen felsenfest überzeugt: Endlich hatte Gott sich wieder einmal durch ein sichtbares Wunder unter seinen Auserwählten geoffenbart.

Die Kirche war zurückhaltend. Es zogen aber immer mehr Leute mit „Kreuz“ nach Radein. Auch manche Geistliche begannen an das Wunder zu glauben. Bei den abendlichen Kartenspielen zwischen dem Doktor und dem Pfarrer Noggler, der damals in Deutschnofen wirkte, wurde das Ereignis natürlich oft besprochen. Pfarrer Noggler glaubte nach einiger Zeit auch an das Wunder, und so machte er mit dem Doktor aus, an einem bestimmten Tag nach Radein zu gehen, um sich die Heilige anzuschauen. Der Doktor glaubte an das Wunder nicht und meinte, eigentlich sei schade um die Zeit. Doch der Pfarrer Noggler hob hervor, daß er beinahe verpflichtet sei hinzugehen, denn er werde täglich darauf angesprochen, mit einem Wort, die Bevölkerung verlange es von ihm. So zog man nach Radein. Dort waren eine Menge Leute. Viele hatten Geld- oder Lebensmittelspenden mitgebracht. Erst nach einiger Zeit konnten sich der Doktor und der Pfarrer Noggler in das Zimmer der Stigmatisierten hineindrängen. Der Doktor wollte sich der im Bett Liegenden nähern, wurde daran aber immer wieder von den Brüdern Darocca gehindert. Er gab daher bald auf, es war ihm klar, daß hier nur ein einträglicher Schwindel betrieben wurde, der ziemlich geschickt aufgemacht war. Auf dem Heimweg erklärte der Doktor dem Pfarrer Noggler seine Gewißheit.
In Deutschnofen hatte die Radeiner Heilige viele Anhänger. Die Leadner-Mena* war eine so große Verehrerin, daß sie die Leib- und Bettwäsche der Heiligen von Radein nach Bozen trug in eine Wäscherei und dann wieder zurückbrachte nach Radein. Sie mußte also jedesmal zwei Tagesmärsche durchführen.
Im Kloster Weißenstein war die Stimmung der neuen Heiligen gegenüber wesentlich anders als im Widum** in Deutschnofen. Der Prior war einmal in Radein gewesen und hatte allein mit der Stigmatisierten sprechen können.

* Philomena Brunner
** Widum ist das Pfarrhaus. Im Tiroler Sprachgebrauch ist es maskulin.

Er richtete viele leibliche und seelische Fragen an sie. Darunter waren zwei, deren Beantwortung ihm keine Zweifel mehr ließen. Die eine Frage hatte gelautet, was Angela für Speisen zu sich nehme. Darauf antwortete das Mädchen, es esse nichts. An einer ganz anderen Stelle des Gespräches fragte der Prior, ob sie Stuhlgang habe. Darauf antwortete die Heilige: „Regelmäßig". Das erzählte der Prior dem Doktor und urteilte lakonisch: „Eine sonderbare Heilige, die nichts frißt und doch scheißt."

Plötzlich flog aber der ganze Schwindel auf. Angela flüchtete nach Rom, heiratete dort später einen Freimaurer und führte in Rom ein exklusives Kaffeehaus. Viele sagten, sie habe das mit den Geldspenden, die sie mitgenommen habe, gekauft.

Doch die Verehrung der Heiligen ging bei manchen Leuten weiter. Sie glaubten nicht an den Schwindel und meinten ihrerseits, daß jene die Schwindler seien, die die Heilige „verräumt" hätten, zu diesen rechneten sie natürlich auch die offizielle Kirche.

Daraufhin drohte die Kirche, alle jene zu exkommunizieren, welche die Verehrung der Heiligen nicht offen widerriefen. Zuerst wehrte sich eine größere Gruppe, nach und nach fielen aber alle ab, außer zwei von den vier Kotzentöchtern in Deutschnofen. Die zwei anderen Kotzentöchter hatten nie an die Heilige geglaubt. Die beiden störrischen Kotzentöchter wurden nun wirklich exkommuniziert. Eine dieser beiden, Rosa, kaufte viel später das Totterergütl und führte dort den Faschanbrüdern, die alles in Szene gesetzt hatten, die Wirtschaft. Nach einiger Zeit fiel auch diese vom Glauben an die heilige Angela ab und wurde wieder in die Kirche aufgenommen. Nur die intelligenteste der vier Schwestern, namens Josepha von Fäckl, beharrte auf ihrem Glauben. Sie war eine tüchtige Feinnäherin und wohnte in den schönen Räumen des Obergeschosses im Ansitz „Neuhaus" in Deutschnofen. Sie war von jeglichem Sakramentsempfang ausgeschlossen und wäre nach ihrem Tode ohne Begräbnis außerhalb des Friedhofes vergraben

worden. Trotzdem wollte sie von einer Aussöhnung mit der Kirche nichts wissen. Zuviel war in ihr zusammengebrochen. Als sie schon längere Zeit kränklich war, redete ihr der Doktor doch zu, sie solle sich mit der Kirche aussöhnen. Sie sei in einer katholischen Familie geboren und aufgewachsen, vielleicht sei es doch besser, wieder dahin zurückzukehren und, wenn es einmal soweit sei, in Frieden von allen zu gehen. Doch die Sepha lehnte ab: „Was werden da die Leute sagen?“ – „Schau Sepha, die Leute brauchen das gar nicht zu erfahren. Ich rede mit einem Weißensteiner-Pater, der kommt so spät her, daß es schon finster ist und ihn niemand sieht.“
So geschah es dann auch. Der Pater löste sie „im Angesichte des Todes“ vom Bann. Als der Doktor am Todestag der Josepha von Fäckl abends zum Kartenspiel in den Widum kam, war der Pfarrer Noggler sehr niedergeschlagen. Er grämte sich wegen der Verstorbenen und daß es ihm nicht gelungen war, die Ausgestoßene wieder in die Kirche zurückzuführen. Da sagte der Doktor: „Die Sepha kriegt ein kirchliches Begräbnis.“ Diesmal war der Pfarrer der Ungläubige. Als ihm der Doktor aber den Sachverhalt erklärte, fiel dem Pfarrer ein Stein vom Herzen. Die Leute staunten, daß die Sepha nun doch ein kirchliches Begräbnis bekam. Man munkelte dies und das, einige legten sich die Sache doch so zurecht, wie sie sich zugetragen hatte.
Die Sache mit der „Radeiner Heiligen“ und dem Kirchenbann der Kotzentöchter hielt die Gemüter in Deutschnofen noch durch Jahrzehnte in Erregung.
Am 9. Dezember 1891 wurden in der Bozner Pfarrkirche der Erzherzog Heinrich und dessen Frau in der Krypta unter dem Hochaltar beigesetzt. Heinrich war der Sohn des Erzherzogs Rainer, eines Bruders des Erzherzogs Johann. Rainer war Vizekönig der Lombardei gewesen. Dieser Heinrich hatte die Sängerin Leopoldine Hofmann geheiratet. Als Strafe für diese morganatische Ehe wurde er aus dem Militärdienst entlassen und sein Besitz konfisziert. Er ging in die Schweiz ins Exil. Später durfte er

wieder zurückkommen und erhielt seinen Besitz zurück. Er kaufte in Kaltern den Ansitz Salegg, auf dem seine Nachkommen, die Grafen Kuenburg, heute noch hausen. Erzherzog Heinrich und seine Frau, die den Titel einer „Gräfin von Waideck“ erhalten hatte, waren nach Wien zu einer Hochzeit geladen. Sie logierten im Hotel Sacher. Da erkrankten beide schwer. Leopoldine starb am 29. November 1891, Heinrich einen Tag später. Die Toten wurden nach Bozen überführt.
Josef Anton ging nach Bozen, um an den Trauerfeierlichkeiten teilzunehmen. Die Deutschnofner sahen in diesem „Kirchgang“ eine Bestätigung für die Richtigkeit jenes Geredes über die Abstammung ihres jungen Doktors.
Sie sagten: „Wenn er nicht verwandt wäre, würde er nicht den 8stündigen Fußmarsch von Deutschnofen über Kampenn nach Bozen und wieder zurück machen.“ Zu ihm selber sagten sie nichts.
Im Jahre 1892 erhielt er die Nachricht aus Brentonico, daß seine Ziehmutter Rosa Passerini gestorben sei. Sie war einem Gehirntumor erlegen. Ein Jahr später heiratet Luise Passerini den Gastwirt und Krämer Enrico Bolognani aus Cavedine. Dieses Dorf liegt am Berghang des Sarcatales, südöstlich des Toblinosees. Holzfäller aus Cavedine arbeiteten in Brentonico. Im Gasthaus des Bolognani erzählten sie, daß in Brentonico zwei hübsche Schwestern zu haben seien. Da zog Bolognani auf Brautschau aus und warb um Luise, die ältere der beiden.
Von den vielen Wegen, die Josef Anton zu gehen hatte, war einer ziemlich anstrengend, es war der alte Weg von Deutschnofen nach Petersberg. Es sollte der Weg werden, den er am öftesten zu gehen hatte. Etwas ostwärts vom Hauptort Deutschnofen liegt der Hof Schliffbach. Von dort ging der Weg abwärts durch Wiesen und Felder und an mehreren Höfen vorbei. Dann trat er in einen trockenen felsigen Föhrenwald ein und ging nun steiler und in mehreren Windungen zum Hackl, einem kleinen Höfl im Talgrund, hinab. Von dort ging der Weg etliche Schritte

taleinwärts bis zur Hacklmühle, überquerte dort den Bach, ging einige Schritte talaus an der Bruggenmühle vorbei und dann sehr steil aufwärts durch den Flaschtalerberg, einen dunklen Fichtenwald. Mit „Berg" bezeichnet man in dieser Gegend die steilen, meist felsigen Wälder die von den Hochflächen ins Tal abfallen. Am oberen Ende des Flaschtalerberges führte der Weg wieder durch Wiesen und Felder und an Höfen vorbei, trat dann in den Maurawald ein und kam dann wieder zu Wiesen, die zum Steinmetzhof gehörten.
Beim Steinmetzkreuz, einer uralten Totenrast, zweigte der Weg nach Weißenstein ab, der heute noch am Steinmetzhaus vorbeigeht. Vom Steinmetzkreuz ging der Weg ins „Dorf", wie man zu den wenigen Häusern, die neben der Petersberger Kirche standen, sagte und heute noch sagt.
Wenn der junge Arzt am Steinmetzhaus vorbeiging und der Bauer oder die Bäuerin erspähten ihn, luden sie ihn ein, eine kurze Rast zu machen, ein Gläschen Wein zu trinken und ein bißchen mit ihnen zu plaudern. So erfuhr er, daß der Steinmetzbauer Josef Gallmetzer hieß und daß dessen Frau Katharina Santa ein Hüttltochter war. Sie hatten ein einziges Kind namens Anna, welches bald die Aufmerksamkeit des jungen Arztes erregte. Der redselige Bauer erzählte auch gerne vom Hof: Der Steinmetzhof hat seinen Namen von der Steinmetzenfamilie Santa, die in Weißenstein arbeitete. Sie kaufte den Ellerhof, dessen alter Name langsam außer Gebrauch kam. Die Leute sagten „beim Steinmetz", und so setzte sich der neue Name durch. Vom „Steinmetz" aus breiteten sich die Santa in Petersberg aus. 1774 tauschte der letzte Santa auf „Steinmetz" mit dem Bruggenmüller Anton Gallmetzer. Von nun an saßen die Gallmetzer auf Steinmetz.
Ein anderes Mal erzählte der Steinmetzbauer von seinem Onkel, der ebenfalls Josef Gallmetzer hieß und Baumann in Weißenstein war. Er leitete in Weißenstein die Landwirtschaft und wurde wegen seiner kleinen Gestalt das Baumann-Männl geheißen. Er heiratet erst in fortgeschrit-

tenem Alter, und so kam es, daß die Kinder des Onkels ungefähr gleichaltrig waren mit seiner Tochter Anna. Die Baumannkinder hießen Anna, Maria, Josef und Konrad. Ich habe außer Josef, der jung starb, alle drei noch gekannt. Anna war in ihrer Jugend wegen ihres Mutes berühmt. Im großen Baumannhaus in Weißenstein, in dem auch alle Knechte und Mägde untergebracht waren, geisterte es. Schon mehrere Leute hatten den Spuk, eine weiße Gestalt, die durch die langen Gänge schlich, gesehen. Alle fürchteten sich. Gebete und Weihwasser halfen nichts. Eines Nachts glaubte die Baumann-Anna, jemand an ihrer Zimmertür vorbeischlurfen zu hören. Das mußte der „Geist“ sein. Sie horchte hinter der Tür, bis das Schlurfen wieder vor ihre Tür kam. Da riß sie dieselbe auf, sprang hinaus, zog mit einem Ruck das weiße Leintuch herunter, das die Gestalt bedeckte, und stellte den Burschen, der den Spuk aufgeführt hatte.
Ihre Schwester Maria (die spätere Unterwirtsmarie) war die beste Freundin des Steinmetznannele. Die jungen Leute trafen sich oft in Weißenstein, wo die Baumanntöchter im Gastbetrieb des Klosters arbeiteten.
Weißenstein war damals nicht nur als Wallfahrtsort, sondern auch wegen seiner Gastlichkeit und wegen seiner vorzüglichen Küche weitum berühmt. In Weißenstein hatte die Steinmetztochter Anna kochen gelernt. Ein handgeschriebenes Kochbuch, von ihr verfaßt ist, noch erhalten. In Weißenstein leistete sie auch Aushilfe, besonders an Tagen, an denen viel Betrieb war.
Der neue Doktor wurde als Hausarzt des Klosters an hohen Feiertagen immer zum Mittagessen eingeladen. So kam es, daß der junge Doktor der Anna, oder wie sie die Leute nannten, dem Steinmetznannele, immer öfter begegnete. Mit jedem Zusammentreffen des jungen Arztes mit dem Nannele wuchs seine Zuneigung zu dem Mädchen. Dieses aber blieb verschlossen und abweisend. Es war damals auch die Zeit, wo bei jungen Leuten das Traurigsein als erhebend galt, niemand schämte sich seiner

Tränen, und es wurde auch ausgiebig geweint. (Vielleicht waren es noch Rückbleibsel von Goethes „Leiden des jungen Werthers".) Der Doktor wollte beim Mädchen nicht drängen.
Eines schönen Tages kam sie in seine Sprechstunde, sie brauchte ein ärztliches Zeugnis. Auf die Frage, wozu sie das Zeugnis brauche, sagte sie, sie wolle ins Kloster gehen. Sie wollte zuerst einmal auf Probe zu den Ursulinen nach Innsbruck gehen. Der Doktor äußerte Bedenken wegen der alleingelassenen, betagten Eltern auf dem Hof. Nachdem er sie untersucht hatte, schrieb er:

Ärztliches Zeugnis

Anna Gallmetzer 22 J. alt von Petersberg Gemeinde Deutschnofen gebürtig und zuständig wurde vom Unterfertigten auf ihren Gesundheitszustand untersucht und alle Organe vollkommen gesund befunden nur ist ihr Körperbau etwas schwächlich.
Deutschnofen 21.5.93

Dr. Raffeiner

Er faltete das Schriftstück einmal zusammen und gab es ihr mit den Worten: „Nannele komm nur wieder zurück, ich wart auf dich."
Nicht ins Zeugnis geschrieben hatte er ihr, was ihm an ihr gefiel. Ihr üppiges blondes Haar, ihre wasserblauen Augen, ihre guten Manieren und ihre Bildung. Dabei wußte er gar nicht, daß sie heimlich Gedichte verfaßte, die sie an Freundinnen verschickte.
In einem dieser Gedichte faßte sie ihre Sorgen und Zweifel in folgende Reime:

Manche Blume strahlet
Purpurhell bemalet
Außen freundlich rot
Innen Gift und Tod

Manche Freude winket,
Schön und lieblich dünket,
Trau nicht junges Herz
Oft bringt sie nur Schmerz.

Manche Menschen scheinen
Bloß es gut zu meinen
meine Liebe sei
frei von Heuchelei.

Ihre melancholische Seelenverfassung, die zu den Klostergedanken führten, lesen wir aus ihren:

Abendgedanken.

Mir ist so wohl mir ist so weh!
Wenn ich hinauf zum Himmel seh!
Mir pocht das lebensmüde Herz
Es will zum Vater himmelwärts

Das Wölklein dort von Gold bekränzt
Das Sternlein das so lieblich glänzt
Der Mond in seiner stillen Pracht
Dies hat mich heimwehkrank gemacht.

Hiernieden nirgends Ruh und Rast
Sehr schwer drückt oft des Kreuzes Last
Dort oben nur ist wahre Ruh'
Drum eilt mein Blick dem Himmel zu

Das Glück der Welt ein eitler Traum
Von heut auf morgen währt es kaum
Und laßt das Herz so öd und leer
und macht zufrieden nimmermehr.

Und was die Seele nur erstrebt
Das müde Herz stets neu belebt,

Mit Mut und Hoffnung es beseelt
Ich find es nicht auf dieser Welt.

Doch ruhig, ruhig mir mein Herz
Bald ziehen wir ja himmelwärts
Aus Kampf und Nacht zur süßen Ruh'
Aus fremden Land dem Himmel zu

Die kleine Dichterin hatte nur die einklassige Volksschule in Petersberg besucht, will heißen ein Lehrer unterrichtete gleichzeitig alle fünf Volksschulklassen in einem einzigem Klassenzimmer. Dem Nannele muß es in Innsbruck nicht gar so gut gefallen haben. Jedenfalls hat sie es im Kloster nicht lange ausgehalten und ist bald wieder heimgekehrt zu ihren Eltern auf Steinmetz. Und bald begegnete sie wieder dem jungen Arzt, die Begegnungen wurden häufiger, und es kam der Tag, an dem der junge Doktor zum Steinmetzbauer ging und um die Hand der Tochter warb.
Die Mutter der Braut war mit der geplanten Heirat nicht recht einverstanden. Sie sagte, ihre Tochter heirate nicht standesgemäß, denn sie heirate einen „gezahlten" Menschen. Dieses Argument wird heute vielleicht nicht mehr begriffen, aber damals stand ein freier Bauer auf einer höheren sozialen Stufe als ein Lohn- oder Gehaltempfänger. Solche wurden mit den Dienstboten gleichgesetzt.
Realistischer nahm der Steinmetzbauer die Sache auf. Er selbst trank gerne eins über den Durst. Da es auch unter seinen Vorfahren manch wackeren Trinker gegeben hat, ging im Dorf die Rede: „Beim Steinmetz ist das Saufen schon in den Mauern". Krankheiten in Haus und Stall hatten das Ihrige dazu beigetragen, die finanzielle Lage weiter zu erschweren. So konnte er seinem Nannele nur einen verschuldeten Hof zurücklassen. Beim jungen Doktor war sie wenigstens finanziell gut versorgt. Die Werbung wurde angenommen.
Zu Anfang des Jahres 1894 wurde in Weißenstein Handschlag gehalten, wie man damals zur Verlobung sagte.

Das Nannele hat eigenhändig den Speisezettel für das mit dem Handschlag verbundene Festmahl geschrieben, der hier ohne orthographische Änderungen abgedruckt ist.

Speisezettel
vom Handschlag des Dr. Josef Raffeiner
und Frl. Anna Gallmetzer

1. *Suppe mit Milzwürstchen und Griesknödel.*
2. *Aufschnitt mit Aspick und Sardellenbutter.*
3. *Heißgesottene Forellen mit Karfiol und harte Eier.*
4. *Lungenbraten mit Hasenregu.*
5. *Schweinefleisch mit Kraut, Rindfleisch mit Früchten in Senf, Champignonsauce, gebeitzte Gurken und Monatrettige.*
6. *Kitten-Auflauf.*
7. *Wildbrett mit Pasteten, Limonimuß und Fleischsulze.*
8. *Gebackenes Kitz mit Orangen und Früchten in Dunst.*
9. *Enten, Kapaun mit Salat und Preiselbeersulz.*
10. *Faschingskrapfen mit halbgeschlagener Butter.*
11. *Torten mit Eingesottenen und Obst.*
12. *Kaffee und verschiedenes Confekt.*

Anna Gallmetzer

Man wird staunen über das, was damals ein Magen alles vertrug, aber es war noch eine Zeit, in der man zu Fuß ging, und man hatte an Arbeitstagen Gelegenheit genug, bei schmaler Kost Enthaltsamkeit zu üben. Bei festlichen Anlässen ließ man sich nicht lumpen. Beim Tischler wurden die Möbel bestellt. Das Schlafzimmer wurde aus massivem Nußholz und im damals üblichen „altdeutschen Stil" ausgeführt. Die Wohnung des Doktors befand sich im Obergeschoß im damals neuen Gemeindehaus. Das Gemeindeamt war im Untergeschoß untergebracht mit dem Eingang gegenüber der Baulücke zwischen Krumerladen und Rößlwirt. Der Eingang zur Doktorwohnung war auf der Höhe des Nockerwirts. Die Küche war an der Südostecke des Hauses, in ihr wurde einer der ersten Sparherde aufgestellt, der allgemein bestaunt wurde. Bald nach der Verlobung wurde in Weißenstein Hochzeit gefeiert (am 9.4.1894). Das Hochzeitsmahl war noch um etliche Gänge reicher als das Verlobungsmahl. Die Schwestern vom Kloster an der Kettenbrükke hatten als Hochzeitsgeschenk eine Murillo-Madonna, einen guten Öldruck mit schönem Goldrahmen, geschickt. Die Hochzeitsreise ging nach Rovereto. Josef Anton und Anna waren ein glückliches Paar. Oft waren sie beim Steinmetz. Er liebte diesen Hof immer mehr. Ihm gefiel seine sonnige Lage, obwohl er an einem Nordhang steht, und die schöne Aussicht, die in weitem Halbbogen von der Ortlergruppe im Westen über die Ötztaler, die Stubaier im Norden, die Zillertaler Berge, der Schlern- und Rosengartengruppe bis zum Latemar im Osten reicht. Eine Kette von Bergen, darunter viele, die auch im Sommer ihr weißes Kleid behalten. In besonderer Weise aber war ihm der Wald ans Herz gewachsen. Der Wald, dieser Hort der Ruhe und des stillen Werdens und Vergehens. Er mochte ihn aber auch, wenn im Spätwinter die ersten Frühlingsstürme durch den Bergwald fegten und ein Crescendo von Tönen einsetzte, jenes Singen und Sausen in den Nadeln, jenes Fauchen und Ächzen, jenes Poltern und Krachen. Dann eine kurze Pause, und wieder beginnt es mit Pfeifen und Rauschen, das Singen und Heulen, als ob die wilde Jagd daherführe. Aber wie sie daherfuhr, ist sie auch schon wieder weiter, und das Heulen und das rauschende Wogen der Wipfel tönt von weit her, und nach einem kurzen „pianissimo“ fährt der Sturm wieder hinein in die Wipfel und ins Geäst, und das Winseln und Brausen, das Knarren aneinanderreibender Stämme, das Herabprasseln der Zapfen geht weiter.

Eine großartige, elementare Musik, die sein Innerstes bewegte. Schade, daß der Steinmetzwald so klein und abgeholzt war. Ein schönes Stück Steinmetzwald war erst einige Jahre vorher an das Kloster Weißenstein verkauft worden. Der Hof war früher mindestens dreimal so groß gewesen, als er jetzt war. Er hatte von der Freitreppe, die

zur Wallfahrtskirche führt, bis zum Brantentaler Bach gereicht. Langsam war bald ein Stück Wald, bald ein Stück Wiese verkauft worden. Beinahe ein Drittel des ursprünglichen Hofes kam nach und nach zu Weißenstein.
Eigentlich – dachte der Doktor – hat der Kaiser Josef II. ganz recht getan, als er 1787 mit vielen anderen auch das Kloster Weißenstein aufhob und dessen Vermögen dem Religionsfonds zuwies, aus welchem die oft bitterarmen Landseelsorger unterstützt wurden. Die Bevölkerung wurde von den Klöstern nicht nur mit Klingelbeutel und Opferstöcken, durch Schenkungen und Vermächtnisse um einen Teil des Vermögens gebracht, sie hatte auch die Kosten der Aufzucht jener Kinder zu tragen, die später in die Klöster eintraten, und diese noch mit Mitgift und Erbschaftsanteilen auszustatten.
Aber seit 1834 saß der Servitenorden wieder fest auf Weißenstein. In diesem Jahr 1894 war man dabei, die barocke Wallfahrtskirche mit einem neuen Deckengemälde auszustatten. Der Maler Alfons Siber aus Hall in Tirol hatte den Auftrag erhalten. Siber hat ein großartiges Werk geschaffen. Seine Personen malte er nach lebenden Modellen. Solche fand er zum Teil in Petersberg, zum Teil im Kloster selbst oder unter den Wallfahrern. Diese Arbeitsweise und die Darstellung der damals üblichen Bekleidungen verliehen dem Kunstwerk eine große Lebendigkeit. Es hatte nichts vom damals herrschenden süß-steifen Nazarenerstil an sich und war doch voll tiefer Mystik. Es war ein Bild, das unweigerlich den Blick der Leute auf sich zog und bannte. Schade, daß es zerstört wurde.
Josef Anton sprach des öfteren mit Siber, sowohl über Politik als auch über die herrschenden Tendenzen in der Kunst. Unter anderem erzählte ihm Siber, daß er mit Freunden in Innsbruck eine neue aus Skandinavien stammende Wintersportart betreibe. Man nenne es das „Skifahren“.
Während seines Aufenthaltes in Weißenstein verliebte sich Alfons Siber in die Baumann-Maria. Manche Leute

sagten, die Baumann-Maria habe ihm als Modell für das Gesicht der Pietà gedient. Auch Maria fand Gefallen an Alfons Siber, und man erwog schon eine Hochzeit. Als aber ihr Vater, das Baumann-Männl, von diesen Absichten erfuhr, wehrte er sich aufs heftigste gegen eine solche Verbindung. Wie konnte man so einen dahergelaufenen Maler heiraten? Und wie sollte er ohne Maria, die für ihn seit dem Tod seiner Frau sorgte, weiterleben? Maria bekam nun auch Sorge, daß sie es vor Heimweh nicht aushalten würde, wenn sie von Weißenstein fortginge. So wurde aus der geplanten Heirat nichts. Später einmal hätte sie einen wohlhabenden Bauern aus Aldein heiraten können, und diesmal war ihr Vater einverstanden, doch jetzt wollte Maria nicht mehr, ihre einzige Liebe galt immer noch dem Alfons.

Am 18. Jänner 1895 kam Anna zum erstenmal nieder. Es wurde eine Zangengeburt, die der Doktor selber durchführte. Zur Welt kam ein Büblein, das auf den Namen seines Vaters Josef getauft wurde. Später wurde es Peppi gerufen, und noch viel später wurde es mein Vater. Die Eltern waren voller Freude, und der Doktor machte sich auf den Weg, um den Steinmetzleuten die frohe Nachricht zu bringen, daß sie nun Großeltern geworden waren. Er ging fröhlich pfeifend durch den Hacklberg hinunter. Dem Wegmacher, der dort arbeitete, fiel die heitere Stimmung auf, und er grüßte: „Gut aufg'legt heut Herr Doktor?" „Ja" – sagte der Doktor – „wir haben einen Buben gekriegt." Die Großeltern wurden auch die Taufpaten des Neugeborenen und später seiner Geschwister.

Als wiederum ein Jahr verstrichen war und der Doktor einmal aus Eggen von einem Krankenbesuch heimkam, fand er seine Anna im Bett und neben ihr einen Korb mit einem netten braunäugigen, haarigen Büblein drinnen. Anna war morgens zum Metzger gegangen, der seinen Laden im „Winkel" neben dem Schloß hatte, und auf dem eisigen Weg gestürzt. Es hatten daraufhin Wehen eingesetzt, und nach Hause zurückgekehrt hat sie mit dem Bei-

stand der Hebamme Ranigler dieses Siebenmonatskind zur Welt gebracht (29.2.1896). Der Bub wurde auf den Namen Karl getauft. Als die Tage wärmer wurden und das Wetter es erlaubte, spazierte sie mit ihren Kindern den ebenen Weg bis zum Halbwachskreuz hin und setzte sich auf die dort befindliche Bank. Karl wurde getragen, Peppi lief schon neben ihr her.
Am 19. Mai 1896 starb in Wien der Erzherzog Carl Ludwig. Er hatte eine Pilgerfahrt ins Heilige Land unternommen. Dort machte er den Fehler, Wasser aus dem Jordan zu trinken, und holte sich dabei den Typhus (oder die Ruhr). Er schaffte es noch heimzukehren, aber auch in Wien gab es keine Rettung mehr. Er war 63 Jahre alt geworden.
Wieder war es Sommer geworden und wieder Winter, und als es schon gegen Ostern zuging, kam im Doktorhaus das dritte Kind zur Welt (am 15. März 1897). Es war ein Mädchen, das noch am selben Tag auf den Namen Hedwig getauft wurde. Taufpatin wurde die Großmutter des Kindes, die Steinmetzmutter. Zunächst ging es Kind und Wöchnerin gut. Nach ein paar Tagen setzte bei Anna aber Fieber ein, gefolgt von heftigen Krämpfen. Es war ein Kindbettfieber, es gab keine Hilfe mehr. Annas Beichtvater war ein junger Priester namens Christian Tscholl. Er brachte es fast nicht übers Herz, der jungen Frau zu sagen, daß sie die Sterbesakramente empfangen solle. Die Todgeweihte wehrte sich heftig: sie wolle und könne den Mann und die drei kleinen Kinder nicht allein lassen. Christian Tscholl sagte, er gehe ins Nebenzimmer, um für sie zu beten. Nach einer Weile bat sie ihn, zu ihr zu kommen und sagte ihm: „Ich hab mich ergeben. “Als es mit ihr zu Ende ging, versuchte Josef Anton ihr noch mit einem Löffel Tropfen zu geben. In einem neuerlichen Krampfanfall biß sie mit den Zähnen so fest zusammen, daß sie den Löffel durchgebissen hat. Um den Löffel wieder aus dem Mund zu bekommen, mußte ihr der Zahn gezogen werden. Sie starb am 20. 3. 1897 um neun Uhr morgens. Zwei Tage später wurde sie aus dem Haus getragen. Bevor sie in

den Sarg gelegt worden war, hatte ihr Josef Anton noch ihr schönes blondes Haar abschneiden und zu einem Zopf flechten lassen. Dieser umkränzt ein Bild von ihr in einem goldumrahmten Andenkenschreinchen, das in ihrem Vaterhaus noch erhalten ist.

Vor dem Haus fand die Einsegnung der Toten statt. Während dieser Zeremonie ging langsam die Haustür zur Doktorwohung auf, und es erschien der kleine Peppi, er stolperte über die Türschwelle heraus und fiel auf den Boden. Bei dieser Szene füllten sich viele Augen mit Tränen. Der Doktor hob selber sein Kind auf und trug es ins Haus zurück. Die Tote wurde an der Kirchhofmauer begraben. Laut klang das Totengeläute, es klang auch übers Tal hinüber zum Steinmetzhof, wo der kranke Vater der Toten auf die „Lab“ (Hausflur) hinausgegangen war und das Fenster geöffnet hatte, um das Geläute zu hören. Als es geendet hatte, ging er in die Stube, kniete sich an der Ofenbank nieder und betete für sein einziges Kind, das so jung hatte sterben müssen.

Klein Hedwig war, um durch ihr Geschrei die Todkranke nicht zu stören, zu den Nachbarn Bewaller, die den Krumer-Laden führten, in Pflege gegeben worden. Untertags stand der Korb mit dem „Doktorpoppele“ im Laden. Nach der Beerdigung füllte sich der Krumer-Laden mit Leuten, die alle das Kind sehen wollten, wegen dessen die junge Doktorsfrau hatte sterben müssen. Nun wurde die Doktorwohnung aufgeräumt und Klein Hedwig wieder nach Haus gebracht.

Als wieder etwas Ruhe ins Haus eingezogen war, dachte Josef Anton darüber nach, was wohl der Grund für den Ausbruch des Kindbettfiebers bei seiner Frau war. Es durchfuhr ihn ein furchtbarer Gedanke: „War er selber schuld?“ – „Hatte dieser Semmelweis also doch recht gehabt?“ – Semmelweis, ein jüdischer Arzt, hatte schon einige Jahrzehnte früher das Kindbettfieber studiert und darüber ein ausführliches Traktat verfaßt. Er hatte bemerkt, daß in Entbindungsanstalten, in denen nur Hebammen Geburtshilfe leisteten, Kindbettfieber ganz selten auftrat, während die furchtbare Krankheit in Anstalten, wo Ärzte Dienst taten, immer wieder unzähligen Frauen das Leben kostete. Er war zwar nicht in der Lage, die Erreger der Krankheit zu isolieren, aber er traf mit seinen Erkenntnissen doch ziemlich genau ins Schwarze. Er stellte fest, daß die Krankheit übertragen wurde, und das was übertragen wurde, umschrieb er beiläufig mit: „minimale Mengen abgestorbener oder absterbender organischer Materie". Als er sein Traktat veröffentlichte, ging ein Sturm der Entrüstung durch die offizielle Ärzteschaft: „Wie konnte sich dieser 'Saujude' erlauben, die Ärzte als Übertrager des Kindbettfiebers hinzustellen?" Verhöhnt und verpönt starb Semmelweis in geistiger Umnachtung. Der Antisemitismus tat noch ein übriges, damit eine wichtige medizinische Erkenntnis in der Ausbildung der damaligen Ärzte nicht Fuß gefaßt hatte. Dafür, daß Semmelweis recht hatte, war jetzt beinahe der Beweis da. Josef Anton hatte einen Mann, der an Altersbrand litt, behandelt und hatte danach die Wöchnerin untersucht. Es wurde ihm fast schwindelig bei diesen Überlegungen. – Mußte gerade ihm alles auf den Kopf fallen. Er verscheuchte diese Gedanken. Vielleicht machte er sich in seiner Verlassenheit nur unnütze Selbstvorwürfe. Aber immer wieder kehrte die innere Stimme, die sagte: „Schuld bist du. Du hättest dich peinlich waschen, desinfizieren und umziehen müssen, bevor du ins Zimmer der Wöchnerin getreten wärest." Schwer litt Josef Anton unter diesen Selbstanklagen. Nur die viele Arbeit lenkte ihn etwas ab. Er hatte zu seiner Berufsarbeit jetzt auch noch für drei kleine Kinder zu sorgen. Der kleine Peppi bezog nun das leergewordene Bett seiner Mutter und schlief neben dem Vater. Karl und Hedwig schliefen beim Kindermädchen Stina, einer Fleimstalerin. Die Hauswirtschaft wurde einer anderen Magd übertragen. Anna hatte einen sauberen, geordneten Haushalt geführt, jetzt begann da und dort der Schlendrian einzureißen.

Eines Abends kam Josef Anton früher als vorgesehen von einer Krankenvisite nach Hause und fand dasselbe leer. Kinder weg, Dienstboten weg, da fiel ihm ein, daß er auf dem Nachhauseweg beim Adlerwirt Tanzmusik gehört hatte. Er ging also dorthin, und wirklich waren seine Leute da. Die Buben standen hinter der Tür und schauten dem Tanz zu, Hedwig schlief auf ihren Wickelpolster gebettet zwischen Flaschen und Gläsern auf einem Tisch. Die Mädchen erschraken, aber Josef Anton sagte nur: „Gehen wir heim" und verlor weiter kein Wort. Er anerkannte, daß sie die Kinder nicht verlassen hatten.
Er war jetzt öfter in Petersberg, denn mit der Gesundheit des Steinmetzvaters ging es bergab. Er litt wahrscheinlich an einem Magenkrebs. Sieben Monate nach dem Tod seiner Tochter schloß auch er die Augen für immer (am 19.10.1897). Er wurde in Petersberg begraben. Der Steinmetzvater hatte ein Testament hinterlassen, in welchem er voll Vertrauen seinem Schwiegersohn die Versorgung seiner Frau übertrug. Zu seinen Erben hatte er seine drei Enkelkinder Josef, Karl und Hedwig eingesetzt.
Im selben Jahr 1897 bekam Weißenstein einen neuen Prior. Es war dies der aus Pichl in Gsies (Pustertal) gebürtige P. Georg Maria Ladstätter. Nach seinem Amtsantritt machte er Höflichkeitsbesuche beim Vorsteher, bei Pfarrer Noggler und kam auch ins Doktorhaus, um sich vorzustellen. Er hatte vom Unglück, das dem Hause zugestoßen war, schon erfahren, und weil er ein großer Kinderfreund war, bat er auch die drei Kinder sehen zu dürfen. Die beiden Buben wurden hereingebracht. Der Prior wollte auch das „Poppele" sehen. Er wurde ins Zimmer geführt, in dem das Kind schlief, und der Prior beugte sich tief über dasselbe. In diesem Augenblick erwachte das Kind und erschrak heftig, als es das fremde, bärtige Gesicht sah. Es fing jämmerlich zu schreien an, wollte nicht mehr in seinem Bettchen schlafen, schlief überhaupt nur mehr sitzend von Polstern gestützt ein, bis es dann vor Müdigkeit umsank. In der Nacht mußte immer ein Licht brennen, sonst ging das Jammern an. Es dauerte ein paar

Wochen, bis sich das Kind wieder ganz beruhigte. Pater Georg Ladstätter war ein liebenswürdiger, leutseliger Mensch, aber auch ein tüchtiger Mann der Wirtschaft. Man erzählt von ihm, daß er immer um 5 Uhr morgens die erste Messe las und nachher am sichersten im Stall anzutreffen war. Er war in den siebzehn Jahren, in denen er Prior von Weißenstein war, oft krank. Wenn es wieder einmal ganz schlimm wurde, bat er den Doktor, in Weißenstein zu übernachten. Dieser bekam dann immer das Bischofszimmer zugewiesen. Auch wurde er an hohen Festtagen weiterhin immer zur Mittagstafel eingeladen. Anläßlich solcher Besuche sagte der Doktor dem Prior auch, daß der Handel, mit welchem das Kloster den letzten Wald vom Steinmetzhof gekauft hatte, nicht rechtmäßig war und er denselben mit beinahe sicherem Erfolg anstreiten könne. Die Sachlage war folgende: Der Steinmetzbauer hatte einen jüngeren Bruder. Dieser Mathias Gallmetzer war Krämer, Wirt und Pfarrmesner in Petersberg. Ob der Steinmetzbauer, der wie gesagt, des öfteren zu tief ins Glas schaute, bei ihm Schulden hatte, steht nicht fest. Fest steht aber, daß der Steinmetzbauer unter Kuratel kam und sein Bruder, der „Wirtshias“, zum Kurator bestellt wurde. Als solcher verkaufte er den schönen Wald ober der Ebenwiese. Weil aber der Steinmetzbauer ein minderjähriges Kind, die spätere Doktorsfrau, hatte, wäre zum Verkauf die Erlaubnis des Vormundschaftsgerichts erforderlich gewesen, ohne welcher der Handel ungültig war. Diese Erlaubnis war nie erteilt worden. Daß der Handel auch sonst nicht ganz sauber war, glaubte der Doktor daran zu merken, daß er beim bigotten Wirtshias immer dessen schlechtes Gewissen spürte. Josef Anton war keine Kämpfernatur. Er sagte zwar immer frei seine Meinung, aber einen Prozeß mit Weißenstein zu führen, kam ihm nie in den Kopf. Der Wald blieb bei Weißenstein.

Ein guter Freund des Doktors war der Lehrer Graff. Franz Graff stammte vom Ritten und wirkte in Deutschnofen schon viele Jahre als Lehrer und Kapellmeister. In diesem Jahr 1897 war er 67 Jahre alt geworden. Diesem erzählte der Doktor, daß ihm das Kindermädchen Stina gekündigt hatte, weil sie heiraten wollte. Da bot ihm der Lehrer seine 18jährige Tochter Maria als Kindermädchen an. Der Vorschlag wurde angenommen, und so kam Maria Graff ins Doktorhaus. Sie erzählte später den Doktorkindern, daß sie sich im Doktorhaus das erstemal richtig satt essen konnte. Im Lehrerhaus war das nicht möglich gewesen. Maria Graff hatte ihre guten Seiten, sie kochte bald ausgezeichnet, sorgte auch gut für alle, war gebildet und hatte eine schöne Singstimme. Aber sie hatte auch ihre Schattenseiten. Sie war schnell beleidigt, aufbrausend und streitsüchtig. Es dauerte nicht lange, bis sie die andere Magd hinausgezankt hatte. Der Doktor, der sich hütete, in diesen Dienstbotenstreit hineingezogen zu werden, sagte: „Wenn die 'Marie' mit niemandem auskommt, soll sie halt die ganze Arbeit selber machen. – Ich will meine Ruh' haben." So geschah es dann auch.

Von seinen Kindern hatte der Doktor den Peppi am liebsten, am wenigsten beachtete er die kleine Hedwig, vielleicht weil bei ihrer Geburt seine Frau gestorben war. Die Leute bemerkten die Unterschiede, die gemacht wurden. Da sagte eines Tages die Unterwirtin* zu ihm: „Herr Doktor, Sie müssen mit dem Kind netter sein und nicht immer nur die Buben gelten lassen. Es wird die Zeit kommen, wo Sie das Mädel brauchen werden. Die Buben werden studieren, dann sind Sie allein. Es kommt auch die Zeit, wo das Kind merkt, daß die Buben vorgezogen werden, dann wird es Sie nicht mehr mögen." Dem Doktor gaben die Worte der klugen Frau zu denken. Klein Hedwig merkte von alledem nicht viel. Untertags war sie immer im Lehrerhaus, wo sie vom alten Lehrer und dessen Frau wie ein eigenes Nesthäkchen geliebt und verwöhnt wurde.

1898 traf ein schwerer Schlag den Kaiser. Am 10. September wurde seine Frau Elisabeth von einem italienischen

* Maria Pfeifer geb. Thaler * 16.5.1854 † 12.2.1901 wurde auch Plättlwirtin genannt.

Anarchisten ermordet. Sissi befand sich in Genf und wartete auf dem Anlegesteg auf einen Seedampfer. Sie wurde vom Anarchisten von hinten mit einer Feile niedergestochen. Franz Josef, der gelernt hatte, seinen Schmerz nie offen zu zeigen, litt innerlich um so mehr. Er hat diese schöne, aber ruhelose Frau, die immer auf der Flucht vor ihm war, doch innig geliebt.
Im Jahre 1899 verließ der Doktor Deutschnofen und übernahm die Gemeindearztstelle in Auer. Es war nun nicht so, daß es ihm in Deutschnofen nicht mehr gefiel oder daß er mit der Gemeindeverwaltung Streit gehabt hatte. Im Gegenteil, man sah ihn ungern gehen und war froh, daß er versprochen hatte, bald wiederzukommen. Er war jetzt 10 Jahre in Deutschnofen. Wenn er länger geblieben wäre, hätte er nach den geltenden Bestimmungen das Heimatrecht in Innsbruck verloren und dasselbe in Deutschnofen bekommen. Das wollte er aus den schon angedeuteten Gründen vermeiden. Zunächst nahm er die Marie und die beiden Buben mit nach Auer. Die Doktorkinder sagten zu ihrem Vater Papà, ihre verstorbene Mutter nannten sie Mamà. Zum Lehrer Graff und seiner Frau sagten sie Vater und Mutter. Von der Marie wurde den Kindern von klein auf eingeschärft, nie nach Papas Herkunft zu fragen. Bei der Übersiedlung war die kleine Hedwig zunächst bei den Lehrerleuten zurückgeblieben. Nach einiger Zeit mußte sie Vater Graff nach Auer bringen. Die Trennung fiel beiden schwer. Als der Lehrervater gegangen war, fiel dem Kind zu allem Unglück ein Glas zu Boden und zerbrach. Papà sperrte sie daraufhin in eine dunkle Kammer, dort stand ein umgekehrter dreifüßiger Leimtopf. Hedwig glaubte, es sei der Krampus, und brüllte fürchterlich, da ließ Papà sie wieder heraus. Sie stellte sich zornig vor ihn hin und sagte: „Ich bleib nicht bei dir, ich geh dem Lehrervater nach, der mag mich, der sperrt mich nicht ein." Papà sagte: „Die ist energisch, jetzt gefällt sie mir." Sie mußte noch einige Tage gehütet werden, denn sie hatte ihren Fluchtplan nicht aufgegeben. Von da an nahm sie

der Doktor öfters mit, wenn er mit dem Pferdewägelchen nach Neumarkt oder gegen Tramin fuhr, sie hat dann still und brav auf ihn gewartet, wenn er bei den Kranken war. Josef Anton war immer wieder einmal auf dem Steinmetzhof, um dort nach dem Rechten zu sehen. Der Steinmetzmutter halfen zwei Leute bei der Arbeit am Hof. Eines war die Anna, die Tochter ihres Bruders, des „Hüttlschusters". Sie wurde die „Schusternandl" genannt und war eine tüchtige, ehrliche Person. Sie war von Kind auf beim Steinmetz gewesen und mit ihrer Cousine, der Steinmetznandl, zusammen aufgewachsen. Ihr und ihrer Eltern Kreuz war ihr Bruder, der „Schusterhans", ein Hallodri und Schnapsbruder. Die Männerarbeit am Hof verrichtete der Neffe des verstorbenen Steinmetzbauern, der „Wirtsluis", ein Sohn des weiter oben beschriebenen „Wirtshias". Dieser Wirtsluis war der liebenswürdigste Mensch, den man sich denken kann. Er kannte jede Bauernarbeit, war geschickt, zuvorkommend und hilfsbereit. Leider wurde der Luis später ein Trinker, ich habe ihn nur mehr als solchen gekannt.
Im Sommer zur Heumahd kamen immer Burschen aus dem Überetsch, die gleichzeitig am Hof Sommerfrische machten, wie man damals zum Urlaub sagte. Mit den Aufräumungsarbeiten im Wald beauftragte Josef Anton Taglöhner. Es war ein Vergnügen, durch den Steimetzwald zu gehen, so gepflegt und gehegt sah er aus. An besonders schönen Stellen ließ Josef Anton Ruhebänke aufstellen. Seiner wunden Seele tat die Ruhe des Waldes wohl.
Er hatte angefangen, jeden übrigen Kreuzer in den Hof hineinzustecken.
Im Sommer wurden die Kinder nach Deutschnofen gebracht: Peppi zur Tschufflermartha, Karl und Hedwig zur Lehrerfamilie Graff. Die Tschufflermartha und ihre Schwester, die Jula, zwei ledige Jungfrauen, bewohnten das schöne Untergeschoß des Schlosses mit dem Garten vor ihrer Haustür. Die Lehrerfamilie wohnte gegenüber im Schulhaus. Hedwig und Karl gingen nicht zur Tschuff-

lermartha, weil diese zur dreijährigen Hedwig immer sagte: „Dich mag ich nicht, deinetwegen ist eure Mutter gestorben“. Diese ungeschickten Worte säten Haß zwischen die Geschwister. Wenn Peppi ins Lehrerhaus kommen wollte, bewarfen ihn Hedwig und Karl mit Steinen.
Mit dem Jahr 1900 wurde in der k.u.k. Monarchie die Kronenwährung obligatorisch anstelle der Guldenwährung eingeführt. Für einen Gulden bekamen die Leute zwei Kronen und sollten nun in Kronen und Hellern rechnen. Ältere Menschen rechneten aber weiterhin mit Gulden und Kreuzern. Auf den Banknoten, die ausgegeben wurden, stand in neun Sprachen das schöne Versprechen: „Gegen diese Banknote zahlt die Österreich –Ungarische Nationalbank in Wien … (soundsoviele) Kronen in Gold“. Josef Anton belehrte in späteren Jahren seine Kinder, sie sollten solche obrigkeitliche Versprechungen nur nicht zu ernst nehmen, es komme bestimmt der Tag, an dem die Nationalbank ihre Zusage nicht mehr honoriere. Sicherer sei es auf alle Fälle „Goldfüchslein“ (Goldmünzen) im Geldbeutel zu haben, die immer einen Wert behalten. Wogegen Banknoten letzten Endes nur Papier seien und als solches eine gewisse Ähnlichkeit mit Theaterkarten haben, die auch nur dann einen Wert haben, wenn die Vorstellung stattfindet.
In Geldsachen hatte er überhaupt solide Grundsätze. Er sagte, wenn man Geld hat, ist man verpflichtet, solches auch Menschen, die in Not sind, zu leihen. Was man nicht machen darf, ist Bürgschaften übernehmen. Denn Geld leiht man höchstens so viel her, als man hat, aber Bürgschaften übernimmt man auch für Beträge, die man nicht hat oder vielleicht morgen nicht mehr hat. Wie gut er die Sachen voraussah, bewiesen die nächsten Jahrzehnte, in denen ein großer Teil der Bevölkerung durch die Geldentwertung verarmte oder durch Bürgschaften in den Ruin getrieben wurde.
Doch wenden wir uns wieder dem Lehrerhaus zu. Ein Sohn des Hauses, Carl Graff, hatte in Trient Theologie studiert, war zum Priester geweiht worden und sollte im

Juli des Jahres 1900 in seiner Heimatpfarre Deutschnofen seine Primiz (erstes hl. Meßopfer) feiern. Solche Primizen waren Anlaß zu den größten Feierlichkeiten eines Dorfes. Nicht einmal die Visitation eines Bischofs wurde mit solchem Aufwand gefeiert. Carl Graff war einige Wochen vor der Primiz im Vaterhaus eingetroffen, wo er die beiden kleineren Doktorkinder vorfand. Er lehrte sie nun einige Gebete und gute Manieren und brachte ihnen gesittetes Benehmen bei Tisch bei. Als dann der große Tag kam und der kirchliche Teil der Feier vorbei war, finden wir die dreijährige Hedwig und den vierjährigen Karl als Primizgäste an der Festtafel ganz oben in der Nähe des Primizianten. Und während die anderen Festgäste das Essen immer wieder mit den üblichen Tischgesprächen unterbrachen, saßen die beiden Knirpse still da und nutzten die Zeit, sich dem Essen zu widmen anstatt zu reden. Am nächsten Tag waren beide krank. Der herbeigerufene Arzt Dr. Tiebur, es war der Nachfolger Josef Antons in Deutschnofen, kam lachend ins Haus. Er hatte auch am Festmahl teilgenommen, dabei die Kleinen beobachtet und sich schon gleich gedacht: „Wenn das nur gutgeht." Jetzt verordnete er ein paar Fasttage, worauf die Kleinen bald wieder auf den Beinen waren.
In diesem Herbst begann der fünfjährige Peppi die Volksschule in Auer. Am 20. Jänner 1901 schrieb Josef Anton an den Stadtmagistrat Innsbruck und ersuchte um die Ausstellung eines Heimatscheines. Der Magistrat wollte in einem Antwortschreiben nähere Hinweise auf die Identität und Zuständigkeit seiner Mutter erfahren. Josef Anton kann mit gutem Gewissen antworten, daß er über seine Mutter trotz vieler Bemühungen nie etwas erfahren habe. Er bekam in der Folge das Heimatrecht in Innsbruck bestätigt. Nachdem er diese Bestätigung erreicht hatte, gab er die Stelle in Auer auf und übersiedelte wieder nach Deutschnofen.
Am 22. März 1901 stirbt beim Steinmetz die Großmutter der Doktorkinder. Die große starke Frau, sie war 69 Jahre

alt geworden, war innerhalb von 5 Tagen einer Lungenentzündung erlegen. Ihre Nichte, die Anna, die sie gepflegt hatte und die nach ihrem Tod die Wirtschaft am Hofe weiterführte, erzählte, sie sei im Fieber nochmals auf die nicht standesgemäße Heirat ihres einzigen Kindes zu reden gekommen. Josef Anton hat seine Schwiegermutter gut verstanden. Er selbst achtete die Freiheit der Bauern hoch. Wenn er auch selber keiner war, hatte er von jetzt an den Hof seiner Kinder selbst zu verwalten und konnte nun so quasi als Gleichrangiger mit den Bauern reden und war von ihnen anerkannt. Denn zu wirtschaften verstand er.
Im Herbst begannen beide Buben die Volksschule in Deutschnofen, Peppi ging in die zweite Klasse, Karl in die erste.
Damals gab es in Deutschnofen noch viele arme Leute, deren Not durch karitative Bräuche gemildert wurde. So wurden an Totengedenktagen Almosen, die meist in Mehl, Brot oder Salz bestanden, verteilt. Der Pfarrer verkündete am Sonntag beim Hauptgottesdienst den Jahrtag der Toten an einem bestimmten Wochentag mit dem Zusatz: „Almosen in … (Brot o.a.)“. Die Armen waren in eine Armenliste eingetragen, und nur solche waren zu den Almosen zugelassen. Das Almosen wurde am Speisgitter, das damals den Altarraum vom Kirchenschiff trennte, verteilt. Der Mesner schöpfte Mehl oder Salz mit einer Schaufel in die mitgebrachten Säckchen über das Speisgitter heraus. Ebenso verteilte er Brot aus einem Korb. Das legten die Leute in mitgebrachte Tüchlein. Nach der Verteilung knieten alle nieder und beteten ein Vaterunser. An arme Schulkinder verteilte die Gemeinde Brot, und zwar nach der Schulmesse. Der Ritus war derselbe wie bei den Almosen nach den Totenmessen. Die in den Armenlisten eingeschriebenen Kinder durften zu Allerseelen zu den Bauern gehen und wurden dort mit Lebensmitteln beschenkt. Vorher aber mußten sie in der Bauernstube niederknien und beten. Die Kinder trugen lange Ruten mit

sich und wurden die „Juzer“ genannt, weil sie nach der Beschenkung die Höfe laut jauchzend mit den Rufen „Tausendmal Vergelt’s Gott, Juchuhui“ verließen. Die meisten von den Buben waren wohl sommers über bei den Bauern als Hütbuben angestellt gewesen. Darauf deuten die Ruten hin. Mit Ruten hatten sie das Vieh auf die Weiden getrieben. Jetzt trugen sie dieselben nur mehr als Symbole, als Zeichen ihrer Macht über das Vieh, etwa wie Könige ihre Szepter trugen. Als die Juzer abends ihren Sammelgang beendet hatten, schlugen sie mit den Ruten in den Dorfbrunnen, daß das Wasser hoch aufspritzte. Hinterher warfen sie die Ruten weg. Sie mußten jetzt Griffel und Federstiel ergreifen und Weiden und Auen für viele Monate mit einem engen Schulzimmer vertauschen. Einmal schloß sich auch die kleine Hedwig den Juzern an, aber erst als diese das letzte Haus im Dorf, den Krumerladen, aufsuchten. Sie kniete ganz hinten nieder, betete fleißig mit und bekam wie die anderen Kinder einen halben Kreuzer.

Als Marie erfuhr, daß Hedwig mit den Juzern gegangen war, ging das Gezeter los: „Mit dir muß sich dein Papa schämen – du bist nur zum Verdruß da – du bist eine Schande für die Familie.“ Der Papa aber lächelte nur zur Sache.

Ein Brauch, der heute noch besteht, war das Neujahrsingen oder Neujahrwünschen, an dem sich alle Kinder beteiligten, die die Schule besuchten. Die Kinder wurden auf den Höfen und in den Häusern am Dorfplatz bewirtet oder beschenkt. Da taten auch die Doktorkinder mit. Bei der Tschufflermartha bekam der Peppi eine Krone, der Karl ein Sechserl* und die Hedwig einen Kreuzer. Als sie später beim Köchl eintrafen und erzählten, was sie bei der Martha bekommen hatten, gab es lautes Gelächter. Beim Köchl bekam die Hedwig eine Krone, Karl wieder ein Sechserl und Peppi einen Kreuzer. Daheim stellte dann

* 10 Kreuzer

Josef Anton die Gerechtigkeit wieder einigermaßen her, indem er dem Karl eine Krone schenkte.
Im Lehrerhause Graff war noch ein anderer Sohn, der Heinl genannt wurde. Dieser war nun anstelle seines Vaters Kapellmeister der Musikkapelle geworden, darüber hinaus war er Organist und Leiter des Kirchenchors. Er nahm die kleine Hedwig, die er „Tschiggel" nannte, an Sonn- und Feiertagen mit auf den Chor, und sie durfte neben ihm auf dem Orgelbock sitzen. Die Kleine erlebte dort auch, wie Heinl vom Orgelbock aus seiner Schwester, der Marie, eine Ohrfeige gab, weil sie ein Solo um einen halben Ton zu tief sang. Worauf diese wütend den Chor verließ. Ein anderes Mal anläßlich des 40stündigen Gebetes zu Pfingsten nahm Heinl das Tschiggel vor der Vesper mit zum Wirt. Er trank Weißwein, und weil Tschiggel Durst hatte, ließ er es mittrinken. Bei der Vesper saßen beide wieder auf dem Orgelbock. Tschiggel schlief nach einer Weile ein und fiel vom Orgelbock herunter, was einen ziemlichen Krach verursachte. Heinl trug ihr auf dem Nachhauseweg auf: „Tschiggele sag zu niemand, wo wir vor der Vesper gewesen sind, sonst kriegen wir beide Schimpf. Sag zur Marie nix, die ratscht alles herum." Vom Tschiggele erfuhr niemand etwas.
Im Jahre 1902 brannten die dem Gemeindehaus gegenüberliegenden Häuser Krumer und Rösselwirt sowie die Häuser Unterwirt und Patzer samt den dazugehörigen Städeln und Stallungen ab. Während des Brandes wurden die Dorfkinder zunächst ins Schulhaus gebracht. Als die Löscharbeiten vorüber waren, konnten alle, die noch eine Wohnung hatten, in dieselbe zurückkehren. Viele Leute waren bei dieser Katastrophe obdachlos geworden. Josef Anton, der immer hilfsbereit war, nahm etliche Leute in seine Wohnung auf. So auch die Familie des Gemeindesekretärs Josef Estfeller, im Volksmund der „Kehrerschwarze" genannt. Zwei seiner Buben, der Toni und der Karl, hatten mit Zündhölzern in einem der Städel gespielt und damit den Brand ausgelöst. Auch zwei alte Jungfrau-

en, es waren die Baierltöchter Rosa und Mena (Philomena), fanden im Doktorhaus Unterkunft. Rosa war eine tüchtige Näherin oder Schneiderin, die vom Taufkleidchen bis zu Anzügen alles herstellte. Sie fertigte sogar Soutanen für die Geistlichkeit an. Auch die Anzüge der Doktorbuben stammten aus ihrer Nähstube. Mena verdiente ihren Unterhalt mit Wallfahrten, die die Leute bei ihr bestellten und auch zahlten. Einmal begleitete Hedwig die Mena auf einer solchen Wallfahrt nach Weißenstein und konnte dabei feststellen, daß es kein Zuckerschlecken war. Drei Rosenkränze wurden auf dem Hinweg gebetet, drei in der Kirche, in der man bei allen Messen blieb, die gelesen wurden, und dann drei Rosenkränze auf dem Rückweg.

Im Sommer war die kleine Hedwig mit der Marie eine Zeitlang am Steinmetz. Eines Abends nahte ein Gewitter. Hedwig, die schon im Bett lag, hörte voller Angst das Krachen des Donners und sah das Zucken der Blitze. Als eben die ersten schweren Tropfen aufs Schindeldach prasselten, kam der Pater Thomas ins Haus herein. Als Hedwig merkte, daß er ins Zimmer trat, verlor sie ihre Angst. Als das Zimmer wieder einmal durch einen Blitz erleuchtet wurde und sie sah, wie sich Pater Thomas zur Marie ins Bett legte, schlief sie beruhigt ein: jetzt konnte nichts mehr passieren.

Der Regglberg ist jene Höhe östlich des Etschtales, die vom Eggental im Norden bis Radein im Süden reicht. Er umfaßt das Gebiet der Gemeinden Deutschnofen und Aldein. Die alte Männertracht der Regglberger bestand aus einer ursprünglich grünen Jacke, die aber ganz gelb verschossen war und das „Hemat“ genannt wurde, aus einer roten Weste, genannt das „Leibl“, der weißen „Pfoat“, so hieß das Hemd. Die bis unter die Knie reichende Lederhose wurde von einer grünen „Hosenkrax“ (Hosenträger) gehalten, man trug weiße Wadenstrümpfe und schwarze Schuhe. Vervollständigt wurde das Ganze durch einen um die Mitte getragenen breiten, federkielbestickten Leder-

gurt, die sogenannte „Bind“, und den breitkrempigen, grünen Hut. Die „Bind“, deren messingene Schließe am Rücken getragen wurde und die nur mehr dekorativem Zwecke diente, ist wohl das Überbleibsel einer steifen Lederschürze, die bei bewaffneten Auseinandersetzungen Bauch und Unterleib zu schützen hatte. Die „grünen Schützen“ trugen den mit Pfaufedern gezierten Hut „aufgeschlagen“ d.h. an der rechten Seite war die breite Krempe senkrecht nach oben gebogen. Das war nötig, weil die Schützen auf der rechten Achsel einen Stutzen trugen, dessen Rohr über den Hut hinaufreichte, dem aber die breite Krempe im Wege gestanden wäre.
Viel einfacher und weniger bunt war das Kleid der Frauen. Früher war es zweigeteilt in Mieder und Kittel. Bunt war nur die Schürze und bei älteren Frauen das Kopftuch. Anstelle eines Mantels trugen Frauen einen großen aus dunkler Wolle gehäkelten Schal. Später setzte sich ein langes meist schwarzes Kleid durch und anstelle der Tuchschürzen solche aus Seide, meist hellblau oder in anderen hellen Tönen, oft auch schwarz. Diese letztere Kleidungsart wird „bäuerisch“ genannt und heute noch getragen. Sie hat etwas Würdiges und zugleich Festliches an sich. Dem neuzeitlichen Versuch, eine bunte Frauentracht einzuführen, wird kein anhaltender Erfolg beschieden sein: es fehlt eine durchgehende Tradition. Zum Unterschied zwischen der farbigen, aufgeplusterten Männertracht und der schlichten Kleidung der Frauen ist zu bemerken, daß ähnliches auch in der Natur vorkommt: Vogelmännchen haben meist ein viel bunteres und auffälligeres Federkleid als Vogelweibchen. Außer den „grünen Schützen“ gab es die „schwarzen Schützen“. Diese gingen in einfacher, schwarzer, ziviler Kleidung und trugen, wenn sie ausrückten, ihre Stutzen oder Gewehre. Bei feierlichen Prozessionen bildeten die „grünen Schützen“ die Ehreneskorte beim „höchsten Gut“, während die „schwarzen Schützen“ in geschlossener Formation mitmarschierten. Beim Segen schossen alle zusammen eine Salve in die Luft.

Josef Anton war den „grünen Schützen“ beigetreten. Er trug seine doppelläufige Jagdflinte. Er betrieb nämlich auch das edle Weidwerk. Nicht daß er damit viel Zeit verloren hätte, er übte die Jägerei nur als Ergänzung zu seiner Arbeit aus. Er nahm zur Jagdzeit auf seinen weiten Krankengängen einfach Gewehr und Hund mit. Viel erlegt hat er wohl nicht. Man erzählte mir, daß, wenn auch der Hund einen Hasen aufjagte, er nie einen Schritt schneller ging, um einen günstigen Posten zu beziehen. Wenn der Hase nicht das Pech hatte, dem in seinem gleichmäßigen Schritt weitergehenden Doktor gerade vor die Flinte zu rennen, kam er ungeschoren davon. Josef Anton ließ sich nie aus der Ruhe bringen. Einmal gab es an einem Kirchtag in einem Deutschnofner Gasthaus eine wilde Rauferei. Man schickte nach dem Doktor, um die Verletzten zu verbinden. Während dieser die Verbandsachen zusammenrichtete, kam schon ein zweiter Bote und sagte, er solle schnell kommen, einer sei schon hin (tot). In aller Ruhe sagte der Doktor: „Ich schau mir zuerst die Verletzten an, die Totenbeschau mach ich später.“ Zum Glück war die Sache dann nicht so schlimm, und hin war keiner.

Das Schloß in Deutschnofen gehörte damals der Familie Monsorno. Die Monsorno stammten aus dem italienischsprechenden Fleimstal und betrieben in Branzoll und Leifers einen ausgedehnten Weinhandel. Das Schloß benützten sie als Sommerfrische und führten dort ein großes Haus. Sie gaben sich betont deutsch. Ihre Kinder spielten viel mit den Doktorkindern. Einmal brachte Herr Monsorno in die Sommerfrische einen Jagdhund mit, eine Florentiner Bracke. Er hatte aber keine Freude an dem Hund. Er sagte: „Ich mag den Hund nicht, er ist ein Welscher, ich muß schauen, daß ich ihn los werde.“ Dem Doktor gefiel der Hund, und so wechselte er den Besitzer. Von dem Tag an, da er ins Doktorhaus kam, betrat der Hund nie mehr das nur einen Steinwurf entfernte Schloß. Er hörte auf den Namen Leo, doch Josef Anton nannte ihn

Franco. In Deutschnofen hatte der „Franggl“, wie sie ihn nannten, einen schlechten Ruf. Zu Hause brav, hat er nie etwas gestohlen, doch kaum aus dem Haus, stahl er, was er erwischen konnte. Hatte eine Bäuerin eine Muspfanne oder ein Kindsmus zum Kühlen ins Freie gestellt und Franggl bemerkte es, so fraß er es. Wartete auf einem Küchentisch ein Stück Speck für die Knödel, und es kam gerade der Franggl unbemerkt dazu, dann war der Speck dahin. Einmal begegnete er der Hedwig, wie er gerade ein großes Stück Rindfleisch aus dem Widum heraustrug. Er ließ sich von Hedwig das Fleischstück ohne weiteres abnehmen, und diese brachte dasselbe in den Widum zurück. Als der Doktor zum Kartenspiel in den Widum kam, erhob der Pfarrer Noggler den Zeigefinger und sagte lachend: „Was muß man hören Herr Doktor, – daß Sie Ihren Hund zum Stehlen abrichten. – Nur gut, daß Ihre Tochter so ehrlich ist und die Sachen zurückbringt.“

Einen Verwandten mochten die Doktorkinder besonders gern. Es war der Baumannsepp in Weißenstein. Er war an Tuberkulose erkrankt. Als er schon längere Zeit bettlägerig war, trug er dem Doktor die Bitte vor, wenn es wegen seiner ansteckenden Krankheit möglich sei, nochmals Annes Kinder sehen zu dürfen. Beim Steinmetz und in Weißenstein nannte man die Doktorkinder nach ihrer Mutter Annes Kinder. Der Doktor brachte die Kinder nach Weißenstein ins Krankenzimmer, worüber der Sepp eine große Freude hatte. Er starb am 3. Juni 1904, 34jährig.

Das Leben jener Zeit im Doktorhaus hat mein Vater in folgender Erzählung festgehalten.

Eine strenge Nacht und ein strenger Tag

Die kleine Geschichte aus meiner frühen Jugend, die ich jetzt erzähle, ereignete sich in der Karwoche des Jahres, in welchem im fernen Osten der russisch-japanische Krieg ausgetragen wurde (1904-1905). Ich besuchte damals mit meinem um ein Jahr jüngeren Bruder Karl die Volksschule in Deutschnofen. Unser Vater, der dort Gemeindearzt war, erzählte öfters, gewöhnlich bei Tisch, vom Hunger und der Kälte, denen die russischen und japanischen Soldaten ausgesetzt waren. Er hielt uns vor, wie gut es uns ginge, daß wir in einem warmen Bett schlafen durften und genügend zu essen bekamen, und ermahnte uns zufrieden zu sein.

Diese Vorhaltungen und Ermahnungen gefielen uns ganz und gar nicht, und so beschlossen wir – es war an einem Mittwoch vor dem Gründonnerstag – nicht mehr länger in einem Bett schlafen zu wollen und uns größeren Strapazen zu unterwerfen, um den Soldaten im Krieg ähnlich zu werden. Wir legten uns also am Abend im kleinen Wohnzimmer, dessen Westfenster gegen den Kirchplatz schaute, unter den Tisch, um dort auf dem nackten Bretterboden zu schlafen. Unser Hund – ein kleiner Jagdhund mit Namen Franco – lag im gleichen Zimmer auf einer Strohmatte neben dem Ofen. Der Ofen, der auch das Zimmer nebenan, in dem sich unseres Vaters Hausapotheke befand, zu heizen hatte, war am Abend freilich schon kalt geworden. Kurz nachdem wir eingeschlafen waren, kam unser Vater nach Hause; wie gewöhnlich zündete er im Hausgang eine Petroleumlampe an, ging mit ihr in unser Schlafzimmer und dann, als er unsere Betten leer fand, zu uns ins Wohnzimmer. – „Was wir da machen?“ war seine Frage.– Und unsere Antwort: „Weil die Soldaten im Krieg auch kein Bett haben, wollen auch wir nicht länger in einem Bett schlafen, sondern auf dem harten Bretterboden“. –

Der Vater nahm diesen unseren Entschluß ruhig zur Kenntnis und ging schlafen. Wir aber blieben auf dem Fußboden im kalten und finsteren Wohnzimmer, wo wir bald wieder einschliefen. Aber wir schliefen nicht lange. Gegen elf Uhr erwachten wir und vermochten nicht mehr einzuschlafen. Der Bretterboden war hart, das Lager ungewöhnlich. Es schmerzten uns die Knochen und im Zimmer wurde es immer kälter. Wir standen daher auf, gingen ans Fenster und schauten hinaus auf den mondbeleuchteten Kirchplatz und hinauf zur Kirchturmuhr, die gerade elf Uhr schlug. Die längste Weile blieben wir beim Fenster stehen und schauten immer wieder mit Geduld zur Turmuhr hinauf, aber dann wurde uns die Zeit zu lang. Wir beschlossen ins Freie zu gehen und dort ein bißchen herumzulaufen, um warm zu bekommen.
Ohne recht zu wissen wie, gelangten wir auf den nahen, rings um der Kirche ausgebreiteten Friedhof und fanden, daß er mit seinen in Reihen ausgerichteten Gräbern, Grabsteinen und Kreuzen, wie er so schön im strahlenden Mondschein dalag, der geeignetste Ort zum Herumlaufen und Herumspringen war. Als wir vom Laufen und Springen müde wurden und warm bekommen hatten, setzten wir uns zur Kirchtüre und faßten den Vorsatz, dort bis zur Frühmesse auszuharren, um bei dieser ministrieren zu können (wir waren nämlich beide Ministranten). Wir hörten, wie vom Kirchturm die große Stundenglocke Mitternacht schlug und warteten mit Ungeduld auf die nächsten Glockenzeichen, aber die Zeit rückte schrecklich langsam vorwärts. Wir mußten das Laufen und Springen öfter wiederholen, um uns warm zu erhalten. Inzwischen rasteten wir immer wieder bei einer der Kirchtüren und schauten zum vollen Mond empor, der es ungewöhnlich eilig zu haben schien, denn er lief nur so durch die weißen Wolken, die am dunklen Himmel standen. Endlich schlug es vom Turm eins. Da sagten wir uns, daß es bis zur Frühmesse, die um fünf Uhr gelesen wurde, noch weitere vier lange Stunden dauern würde und wir es uns leisten könnten, um die Zeit zu vertreiben, wäh-

rend dieser vier Stunden nach Weißenstein zu gehen und von dort wieder zurückzukommen. Wir wußten aus Erfahrung, daß man in zwei Wegstunden leicht den Wallfahrtsort Weißenstein erreichen konnte. Also machten wir uns auf den Weg. Die Wiesen und Felder waren schon fast überall aper, nur an schattigen Stellen war noch Schnee anzutreffen und die Wege waren vielfach vereist. Wir gingen durch Wiesen und Felder und finstere Waldstücke, an einsamen Bauernhäusern vorbei, bis wir zu zwei großen, nahe nebeneinander liegenden Gehöften kamen. Dort machten wir halt, denn wir waren in unserem Entschluß, nach Weißenstein zu gehen, wankend geworden, weil sich unser Schuhwerk keineswegs als geeignet erwies, auf vereisten Wegen, besonders im finsteren Wald, wo kein Mondlicht hinlangte, zu marschieren. Wir waren auch schon reichlich müde und hielten es für das Beste, in einen Heustadel zu kriechen und dort zu übernachten. Bei beiden Gehöften waren jedoch die Stadeltüren gut versperrt. Auch schlug ein Kettenhund an. Aus Ärger darüber warfen wir Steine auf seine Hundshütte, worauf das Gebelle und der Lärm erst recht losgingen und wir es für geboten hielten, das Weite zu suchen. Wir gingen aber nicht mehr gegen Weißenstein, sondern machten eine große Runde, an vielen Einzelhöfen vorbei, überall auf der Suche nach einem nicht versperrten Heustadel, konnten aber keinen solchen finden. Überall waren die Städel versperrt. So gelangten wir endlich über einen weiten Umweg zurück zum Dorfplatz. Dort gab es neben dem Eingang zum Stall des Nockerwirtshauses (heute Gasthof Stern) einen Haufen aus Fichtenreisig gehackter, längst getrockneter Streu. Wir legten uns auf diesen Streuhaufen und schauten wieder zum Mond empor, der immer noch trotz der scheinbaren Eile, mit der er hinter den Wolken herjagte, großmächtig am Himmel stand. Uns fröstelte immer mehr, und Karl, mein Bruder, fing an über Hunger zu klagen. Er wollte sogar beim Bäcker Brot kaufen. Nur mit Mühe konnte ich ihn abhalten, den Klingelzug bei der Haustür, hinter der der Bäcker seinen Laden hatte, zu zie-

hen. – „Wozu", sagte er, „ist die Haustürglocke sonst da? Wenn die Leute schon bei Nacht den Doktor herausläuten dürfen, warum soll man nicht auch den Bäck herausläuten dürfen?" Ich, der ich um ein Jahr älter war, fand es aber doch nicht ganz gehörig, mitten in der Nacht beim Bäckerladen zu läuten, um Brot zu kaufen, doch mußte ich meine ganze Redekunst aufwenden, um Karl, der in allen Dingen viel entschlossener war als ich, davon abzuhalten. Ich riet ihm, mit mir still nach Hause zu gehen und in der Küche ein Stück Brot zu suchen. So geschah es denn auch: wir betraten ganz leise das Haus, schlichen im Finstern durch den Hausgang in die Küche und suchten in der Brotschublade Brot. Da stand plötzlich, ein Licht in der Hand, der Vater hinter uns. Mit einem strengen Verweis wegen des langen Ausbleibens bei Nacht schickte er uns zu Bett. Wir ließen uns dies nicht zweimal sagen, sondern krochen unendlich gern in die Federn und versanken alsbald in tiefsten Schlaf. Aber schon um 6 Uhr früh wurden wir von unserer Haushälterin Marie energisch geweckt. – „Aufstehen! Schnell aufstehen! Mit dem Papa nach Eggen gehen!" – Marie war in unserem Hause eigentlich mehr als bloß Haushälterin, denn sie hat bei uns gewissermaßen Mutterstelle vertreten, seit unsere Mutter kurz nach der Geburt unserer einzigen Schwester gestorben war und im Friedhof begraben lag, im Friedhof, in dem wir uns in der vergangenen Nacht herumgetrieben hatten.

Marie, die mit unserer kleinen Schwester ein Zimmer des oberen Stockwerkes bewohnte, wußte offenbar nichts davon, daß wir die halbe Nacht draußen gewesen und erst gegen 3 Uhr früh ins Bett gekommen waren. Wir hüteten uns auch wohlweislich, ihr etwas davon zu sagen. Schlaftrunken standen wir auf, zogen uns in Eile an, aßen wie an anderen Wochentagen unsere Brennsuppe zum Frühstück und machten uns mit unserem Vater auf den Weg. Unser Hund Franco begleitete uns.

Das Wetter hatte indessen umgeschlagen. Graue Wolken hingen bis zum Boden, und feine Schneekörner wehten uns entgegen. Soweit wir sehen konnten, lag eine dünne Schneedecke ausgebreitet. Am Dorfplatz und in der näheren Umgebung des Dorfes hatten zwar vereinzelte Fußgänger schmale Steige durch den Neuschnee ausgetreten. Diese verloren sich aber, je weiter wir uns vom Dorf entfernten. Das Ziel, dem wir zustrebten, war der Ortnerhof in Obereggen, ganz droben am Westabhang des Latemar. Er war einer der am weitesten entfernten Höfe, den unser Vater als Gemeindearzt zu betreuen hatte. Bei gutem Wetter und guten Wegen brauchte man drei Stunden, um vom Dorf Deutschnofen zu diesen Hof zu gelangen: eine Wegstunde bis zum Wirtshaus und der Sägemühle in Schwarzenbach, eine weitere Stunde bis zu den paar Häusern in Rauth und eine dritte Stunde von dort bis zum Ortnerhof. Wir brauchten aber bedeutend länger, denn die Schneeflocken fielen immer größer und dichter, je weiter das Dorf hinter uns zurückblieb, und das Vorwärtsschreiten im tiefen Schnee wurde immer beschwerlicher. Der Vater ging im tiefen Schnee voraus, Karl und ich und unser treuer Begleiter Franco folgten in seinen Fußstapfen. Nur dort, wo der Weg durch Fichtenwald führte, wo der frische Schnee auf den breiten Ästen der Bäume hängen geblieben und nur wenig Neuschnee auf den Weg gefallen war, kamen wir rascher vorwärts. Da lief auch unser Franco lustig voraus, blieb aber in der Ferne immer wieder stehen und schaute zurück, ob wir wohl nachkommen. In der Gegend von Rauth ließ das Schneetreiben nach. Wir gelangten auf einen Fahrweg, auf dem bereits Fuhrleute mit Holzstämmen gefahren waren. Wir gingen auf diesem Weg die längste Zeit talaufwärts, zweigten dann nach links ab und stiegen auf einem frisch ausgetretenen Fußsteig zu einer weiten Hochfläche empor. Da zerriß auf einmal der dichte Nebel, der uns bis dahin begleitet hatte, und zwischen den Wolken kamen der tiefblaue Himmel, die glänzende Sonne und die hoch aufgetürmten Felsen des Latemar zum Vorschein. Es war ein unbeschreiblich herrlicher Anblick. Wir standen auf einem blendend wei-

ßen Schneefeld, unweit von einem Zaun, südwestlich vom Ortnerhof.
Nun hatte unser Vater die Gepflogenheit, wenn er zu Kranken gerufen wurde und uns Buben als Wegbegleiter mitnahm, uns an einer Stelle zurückzulassen, die von den Häusern aus nicht mehr gesehen werden konnte. Dort mußten wir auf ihn warten, bis er vom Krankenbesuch zurückkam. So geschah es auch diesmal. Auch Franco mußte bei uns bleiben. Unser Vater aber ging allein weiter zu dem vielleicht noch 300 Schritte entfernten Ortnerhof.
Wir warteten also an der angegebenen Stelle neben einem Zaun geduldig auf die Rückkehr des Vaters. Wir spielten wohl auch mit dem Hund, warfen Schneeballen oder schauten staunend hinauf zu den gewaltigen Felsmassen des Latemar.
Mittag war längst vorbei, und wir spürten einen richtigen Hunger. Da kam ein kleines Mädchen aus der Richtung vom Ortnerhof gegangen. Es mochte vielleicht sechs Jahre alt gewesen sein. Jedenfalls war es jünger und kleiner als wir, aber es war gesprächig und sehr neugierig. – „Was wir da machen? Woher wir gekommen seien? Ob der Hund uns gehöre? Ob er ein guter Jagdhund sei? Wie er heiße? usw.“ Trotz seines zarten Alters stellte es sachkundig fest, daß Franco ein männlicher Hund und keine Hündin war. Es fragte auch, ob es den Hund streicheln dürfe. Wir rieten aber davon ab, denn Franco liebte es nicht, von unbekannten Leuten gestreichelt zu werden. Er konnte nämlich auch schnappen. Das Kind war vorsichtig und unterließ das Streicheln. Dann vertrollte es sich in die Richtung, aus der es gekommen war. Nach einiger Zeit kam eine erwachsene Bauerndirne daher und forderte uns auf, mit ihr zum Ortnerhof zu kommen. Da wir zögerten, ihrer Aufforderung Folge zu leisten, erklärte sie, vom Vater geschickt worden zu sein, uns zu holen, worauf wir mit ihr zum Ortnerhof gingen.
Wir betraten nicht ohne Staunen und Neugier das in unseren Augen ungewöhnlich große und schöne Bauernhaus.

Mitten im Hausgang kam aus der weitgeöffneten Küchentür die Bäuerin und begrüßte uns mit den Worten „Buben habt ihr Hunger? Mögt ihr Knödel?", was wir natürlich bejahten. Sie führte uns sodann in die große Bauernstube und ließ von der Hausmagd den Tisch decken und eine Schüssel mit Knödel und eine andere mit heißem Sauerkraut, aus dem kleine Stücke Selchfleisch herausschauten, vor uns auf den Tisch stellen. Auch unserem Hund ließ sie ein Fressen geben, und so waren wir alle wohl zufrieden. Nachdem wir genug gegessen hatten, wurden wir ins „Stübel" geführt, so heißt in Deutschnofen und auf dem Regglberg in den größeren Bauernhäusern eine zweite, meist kleinere Stube, in welche sich der Bauer und die Bäuerin zurückziehen, wenn sie allein etwas zu bereden haben oder wenn sie Gäste empfangen, denen sie mehr als anderen Leuten Ehre erweisen. Also wurden wir ins Stübel geführt, wo wir unseren Vater und den Ortnerbauer antrafen. Wir wurden von diesem freundlich begrüßt und, so schien es uns, fast ein wenig bestaunt. Er mußte etwas erfahren haben, daß wir einen Großteil der vergangenen Nacht im Freien zugebracht hatten. Wir aber bestaunten das Zimmer, das reichlich mit Jagdtrophäen und allen möglichen zur Jagd gehörigen Geräten, wie Jagdgewehren, Pulverhörnern, Patronengurten, Schneereifen usw. geschmückt war. Zum Ortnerhof gehört nämlich eine eigene Jagd, und der Ortnerbauer war ein leidenschaftlicher Jäger. Wir ließen uns von ihm viele Dinge zeigen und erklären. Dann gab es noch eine reichliche Marende. Es wurde Abend und war schon dunkel geworden, als wir Abschied nahmen und uns auf den Heimweg machten. Alles Gewölk hatte sich verzogen und über uns stand der klare von Sternen übersäte Himmel. Bald kam auch der volle Mond wieder zum Vorschein. Die Wege waren untertags von Schneepflügen, Schlitten und anderem Fuhrwerk befahren worden, und so konnten wir in der schönen Mondnacht munter dahinschreiten. Ich erinnere mich noch, daß uns der Vater auf dem Heimweg den Polarstern,

Familie Passerini, Brentonico
v.l.n.r.: Mutter Rosa, Luisa, Vater Sperandio und Rosa

Josef A. Raffeiner
als angehender Mediziner

Anna Gallmetzer,
Steinmetztochter (etwa um 1890)

Das Ehepaar Anna und Josef Raffeiner

Die Brüder (Josef) Peppi und Karl
Man beachte die Schuhe: sie waren noch „über einen Leisten geschlagen“, d. h. es gab noch nicht rechte und linke Schuhe.

Der Hund Franco.
Die Bleistiftzeichnung wurde neben mehreren anderen von Peppi im Krankenhaus ausgeführt, wo dieser wegen Diphtheritis eingeliefert war. (Juni 1908)

Hedwig und Maria Graff. Die erste Aufnahme (oben) wurde etwa 1901 gemacht (Hedwig 4jährig), die zweite (rechts) rund zehn Jahre später. Auffallend ist, wie sich in so kurzer Zeit die Kleider änderten.

Josef Streli im Sommer 1910

Der alte Doktor kehrt von einem Krankenbesuch beim Völser in Radein heim und betritt gerade Wiesengrund in Aldein. Auf dem Buckel hat er wie immer seinen großen (Sanitäts-) Rucksack (29. April 1917). Da teilweise noch Schnee liegt, trägt er die sogenannten Schneestrümpfe.

Nochmals die beiden Brüder Peppi und Karl im Mai 1917. Beide waren auf Urlaub nach Hause gekommen und knipsten sich gegenseitig in der Nähe des Aldeiner Schießstandes. Bei diesem Urlaub sahen sie sich zum letzten Mal.

Karl am Pasubio (Juli 1917) Granathülsen (Schrapnells) dienen als Blumenvasen, Latschen (pinus montana) als Blumendekor

Teilansicht des verlorengegangenen Deckengemäldes von Alfons Siber (1894) in Weißenstein

Der Steinmetzhof zur Zeit des Ersten Weltkrieges

den kleinen und großen Bären (von den alten Bauern am Regglberg die „Segnis" d. h. die Sense benannt) und die Cassiopeia zeigte und uns zu erklären versuchte, warum diese Sternbilder entgegen dem Sinne des Uhrzeigers den Polarstern umkreisen.
Als wir endlich spät in der Nacht kurz vor dem Dorf beim „Kugeleten Bill" vorbeikamen, erzählte uns der Vater, daß abergläubische und dumme Leute sich fürchten, bei Nacht an diesem links vom Wege errichteten runden Bildstock vorbeizugehen, weil erzählt wird, daß in alten Zeiten, als Deutschnofen noch ein eigenes Hochgericht hatte, an dieser Stelle die Richtstätte gewesen und die Leichen der Gerichteten begraben worden seien. Er fügte hinzu, daß, wenn diese Erzählung der Alten auch wahr sein sollte, es noch lange kein Grund sei, sich zu fürchten, denn vor Toten brauchte man sich nie zu fürchten. Nun Karl und ich fürchteten uns nicht.
Als wir heimkamen, war alles schon schlafen gegangen. So gingen auch wir zu Bett und versanken bald in tiefen Schlaf.
Am nächsten Morgen – Karfreitag – machte Marie, als sie uns die Frühstück-Brennsuppe auf den Tisch stellte, ein wildes Gesicht, und selbst unser jüngeres Schwesterlein schaute uns finster an, als ob wir etwas verbrochen hätten. Marie ließ uns bloß wissen, daß wir sofort zum alten Lehrer gehen sollen, der schon am Tage vorher uns zu sehen verlangt habe. Also gingen wir hin, wurden aber nicht sehr freundlich empfangen. In der Mondnacht vom Mittwoch zum Gründonnerstag hatte nämlich der alte Lehrer nicht schlafen können und war wiederholt aufgestanden. Damals befand sich die Lehrerwohnung im alten Schulhaus neben dem Friedhof. Die Südfenster der Wohnung schauten alle gegen die Kirche und den Friedhof. Von einem dieser Fenster aus hatte der Lehrer zu seinem Schrecken im Friedhof zwei Buben bemerkt, die im Mondlicht bald bei der Kirchtüre standen, bald zwischen den Gräbern und Grabkreuzen herumsprangen, und er hatte

auch erkannt, wer diese Buben waren, nämlich mein Bruder und ich. Er war darüber sehr aufgebracht und hielt uns nun eine gewaltig böse Strafpredigt.
Der nächste, der uns, wenn auch etwas milder als der Lehrer, eine Strafpredigt hielt, war der Pfarrer. Er hielt uns vor, daß der Friedhof ein geweihter, heiliger Ort sei und kein Tummelplatz für unartige Buben, ganz besonders nicht bei Nachtzeit. Er hatte uns tags vorher bei den Gründonnerstagfeierlichkeiten in der Kirche als Ministranten erwartet und war verärgert, daß wir nicht erschienen waren. Dies war aber nicht absichtlich geschehen. Als wir am Gründonnerstag, um 6 Uhr früh, aus tiefstem Schlaf geweckt worden waren und gleich darauf bei schlimmstem Schneewetter mit unserem Vater nach Eggental gehen mußten, hatten wir vollständig vergessen, daß an diesem Tag Gründonnerstag war. Erst als wir am Karfreitag die Strafpredigten zu hören bekamen, war uns dies wieder zum Bewußtsein gekommen.
Hier endet die kleine Geschichte.
Das Wort *streng* bedeutet jetzt: unerbittlich – hart. Im Titel dieser Geschichte (Eine strenge Nacht und ein strenger Tag) ist es in seiner ursprünglichen Bedeutung gebraucht und die ist: mühselig – schwer. In diesem Sinn wird es in der Mundart des Regglberges auch heute noch verwendet. Im Wort anstrengend ist die alte Bedeutung des Begriffes streng noch klar erhalten.
Es waren aber nicht alle Tage und Nächte so streng wie die eben beschriebenen. Ganz im Gegenteil, Josef Anton blieb, wenn seine Zeit es erlaubte, abends meist bei seinen Kindern. Die Kartenspiele im Widum wurden auf die Zeit nach dem Mittagessen verlegt. Abends spielte man Tombola oder andere Brett- oder Kartenspiele. Öfters noch las Josef Anton beim Schein einer Petroleumlampe vor – meistens aus dem Alten Testament der Bibel. Bei einer Religionsprüfung, die vom Probst von Bozen geleitet wurde, der aber auch Geistliche aus den Nachbarorten und Mitglieder des Gemeinderates beiwohnten, wurde Karl über den Prophe-

ten Jonas ausgefragt. Karl erzählte von Jonas, der von Gott den Auftrag hatte, der heidnischen und lasterhaften Stadt Ninive Buße zu predigen, sich dieser Aufgabe aber durch Flucht entzog. Er bestieg ein Schiff, um übers Meer zu fahren, da kam aber ein gewaltiger Sturm auf und drohte das Schiff zu zerbrechen. Jonas mußte der Besatzung bekennen, daß er dem Ruf Gottes nicht gefolgt sei. Um die aufgebrachten Elemente zu besänftigen, warf man Jonas ins Meer, wo ihn ein großer Fisch schluckte. Nach drei Tagen wurde Jonas vom selben an einem Ufer noch lebend ausgespien und ging nun nach Ninive, seinen Auftrag zu erfüllen. Probst Trenkwalder, dem die Erzählung gut gefiel, stellte noch ein paar Fragen, auf die Karl keine Antwort schuldig blieb. Zum Schluß fragte der Probst noch, was man mit den Fisch machen könnte, wenn man ihn tot an Land brächte. Da wußte Karl sogar besser Bescheid als der Probst. Er schnitt den Fisch auf, weidete ihn aus, hackte und salzte ihn ein, ließ ihn „suhren" (pökeln) und hängte ihn dann in den Rauch zum Selchen. So wie sie es beim Steinmetz mit den Schweinen machten.

Seitdem 1866 Venetien und mit ihm Padua von Österreich an Italien abgetreten worden war, bestand in der k.u.k. Monarchie keine italienischsprachige Universität mehr. Man schob das Problem hin und her, bald sollte etwas Derartiges in Triest, bald in Trient, dann wieder in Rovereto entstehen. Am Ende tat Wien das Ungeschickteste, was es tun konnte: Es verordnete im September 1904 die provisorische Errichtung einer italienischen rechts- und staatswissenschaftlichen Fakultät in Innsbruck. Am 3. November 1904 fand die Eröffnung statt. Nach dieser saßen Studenten und Professoren noch in einem Gasthaus beisammen. Deutschnationale Studenten organisierten eine Demonstration vor dem Gasthaus. Als die Italiener auf die Straße traten, kam es zu gewaltsamen Auseinandersetzungen, in die zuerst die Polizei, später auch das Militär eingriff. Über hundert Italiener, aber kein Deutscher, wurden abgeführt und eingesperrt. Die meisten blieben 3 Wochen „im Loch“, einzelne aber auch bedeutend länger. Eine Gerichtsverhandlung fand nicht statt. Damit war aber noch nicht genug. Deutschnationale überfielen italienische Geschäfte und verprügelten Italiener, wo sie in Innsbruck einen erwischen konnten.

Die *Innsbrucker Nachrichten* hatten schon am Tag vor dem Vorfall in Aussicht gestellt, daß man einmal mit den *signori* abrechnen werde. Nicht nur die Italiener waren über das, was passiert war, empört, auch viele Deutsche fanden die Sache beschämend und warteten darauf, daß Wien jetzt endlich die italienische Universität in einer italienischen Stadt errichte. Aber man wartete vergebens. Die Regierung tat nichts, und der Kaiser sprach auch kein Machtwort, was jetzt an der Zeit gewesen wäre.

Josef Anton sah voraus, daß ein Vielvölkerstaat, wie Österreich es war, nur dann auf Dauer bestehen konnte, wenn allen Völkern gleicher Schutz und gleiche Entfaltungsmöglichkeiten gegeben wurden.

Am 15. Juni 1907 wurden die Doktorkinder vom Fürstbischof von Trient Cölestin Endrizzi in Deutschnofen gefirmt. Die Paten waren für Peppi und Hedwig der Tschufflerbauer und dessen Frau, für Karl der Baumann-Konrad von Weißenstein.

Im Herbst 1907 begann Peppi das Studium am Franziskanergymnasium in Bozen. Zu Weihnachten, Ostern, Pfingsten und in den Sommerferien kam er heim nach Deutschnofen. An Werktagen halfen beide Buben bei der Heuarbeit am Steinmetzhof. Im Herbst kam auch Karl ins selbe Gymnasium, und die beiden Brüder, die sich gut verstanden, waren wieder beisammen.

Aus diesen ersten Studentenjahren stammt ein Porträt Karls, daß von Peppi in Öl gemalt wurde. Es stellt den Buben im Profil dar und zeigt vom großen Zeichen- und Farbentalent Peppis, aber auch von der tiefsitzenden Melancholie Karls.

Am 12. Jänner 1909 feierte Deutschnofen ein großes Fest: Der Pfarrer Alois Noggler erhielt das Goldene Verdienstkreuz mit der Krone verliehen. Am Vorabend und am Festtag spielte eine Militärmusikkapelle ganz hervorragend. Der damalige Bezirkshauptmann Graf Ceschi war dem Weine zugetan, man wollte ihm eine Rede ersparen. An dessen Stelle mußte Hedwig ein Gedicht aufsagen, und es wurde ihr aufgetragen, die letzten Worte ganz langsam auszusprechen:

Die Last der Jahr
Bracht Silberhaar
Doch folgt zum Lohn
Die gold'ne Kron.

Bei diesen Worten mußte der schon etwas „angestochene" Graf den Orden überreichen. Es klappte prima, und die Kapelle spielte einen Tusch.
Im Frühjahr 1909 trat eine schlimme Masernepidemie auf. Auch Hedwig kam eines Tages fiebernd von der Schule nach Hause und wollte sich ins Bett legen. Marie befahl ihr aber, zuerst einige Arbeiten zu verrichten. So trug sie Holz ins Haus, putzte die Schuhe und ging noch Milch holen. Dann legte sie sich ins Bett, bekam so starkes Fieber, daß sie bewacht werden mußte und lag dann lange halb bewußtlos da, so daß Josef Anton um ihr Leben fürchtete. Eines Morgens erwachte sie und sah, daß er neben ihrem Bette saß. Seine Freude war groß, als sie ihn erkannte. Er nahm ihre mageren abgearbeiteten Hände, sah darauf und sagte dann: „Ich wollte, daß du die Hausarbeiten erlernst, aber daß man zu allen groben Arbeiten dich anstellt, das wollte ich nicht." Während er noch an ihrem Bette saß, begannen die Glocken zu läuten. Hedwig fragte: „Warum läuten jetzt die Glocken?" Da sagte er ihr, daß es zur Begräbnis ihrer Mitschülerin, dem Lenele vom Kreuzhof bei St. Helena, läute.*

---

* Helene Zelger *27.1.1899 † 16.4.1909

Sie war an den Masern gestorben, und er war bei ihr, als sie starb, konnte aber den Tod nicht aufhalten. Hedwig erholte sich bald wieder. Ihr Vater, der um den Nutzen der Vitamine sehr wohl Bescheid wußte, bestellte ein Kistchen Orangen. Auch trug der anbrechende Frühling zur raschen Genesung bei. Dieser Bergfrühling kam zwar einen guten Monat später als drunten im Etschtal, aber er kam mit seiner ganzen lebensspendenden Kraft. Zuerst blühten noch zwischen schmelzenden Schneeflächen ungezählte blaue und weiße Krokusse in den feuchten Wiesen und der starkduftende Seidelbast an den Hecken und Zäunen. Später, als die Wiesen schon ihr erstes tiefgrünes Kleid hatten, blühten gelbe Himmelschlüssel, blauer Enzian und rote Moosprimeln und neben ihnen viele andere Blümlein. Die Lärchen schoben wieder ihre hellgrünen, neuen Nadeln und ihre roten Blütenkügelchen vor. Die Fichten bekamen neue Triebspitzen, und die Föhren mit ihren weißen Trieben, die senkrecht nach oben stehen, sahen aus wie Christbäume und dazwischen der Flor der Alpenrosen. „Dunderbuschen“ nannten sie die Regglberger, was wohl ein vorchristliches Wortrelikt ist. „Buschen“ steht auch heute noch für Blumen, aber hinter „Dunder“ (Donner) verbirgt sich der Heidengott Donar, dem diese Blume in Vorzeiten geweiht gewesen sein mag. Der Anblick all dieser Schönheiten ließ die Menschen sich wieder ihres Lebens freuen und an das eine oder andere Vergnügen denken. Ein solches war im vorigen Jahrhundert und auch nach der Jahrhundertwende das Scheibenschießen. So wie heute jedes Dorf seinen Fußballplatz hat, hatte es damals einen Schießstand. Bald da, bald dort wurde ein Schießen angesagt, und die Schützen kamen oft von weither, ein „Best“, wie die Preise genannt wurden, zu gewinnen. In den Schießständen wurde des öfteren auch Wein aufbewahrt. Am Petersberger Schießstand, der unter der Woche versperrt war, hörten einmal Vorübergehende verdächtiges Rumoren. Es wurden die Schützen verständigt. Diese gaben die Parole aus, alle

Schützen hätten sich zu einer bestimmten Zeit in der Nähe des Schießstandes bewaffnet einzufinden. Als alle beisammen waren, rückte man vorsichtig gegen den Schießstand vor. Endlich wagte einer gegen die Tür zu pochen. Drinnen war nichts zu hören. Einer wagte nun doch die Tür aufzusperren. Drinnen fand man ein Männlein, das seinen Rausch ausschlief. Es war durch die Zielöffnung eingedrungen und hatte am vorhandenen Wein seinen Durst gestillt. Man lachte noch lange über den „Sturmangriff auf den Petersberger Schießstand".
Damals stand in Petersberg noch das alte „Bäckenhaus" im Dorf. Es gehörte dem alten Bäck, einem lustigen Mann, der außerdem noch eine Ziehharmonika und einen Esel besaß. Der Esel diente ihm zum Austragen des Brotes, denn er belieferte auch Aldein und Radein. Er buk sein Brot mit Holz und hatte immer einen größeren Vorrat vor dem Haus aufgestapelt. Wie er merkte, daß immer wieder etliche Scheiter fehlten, dachte er sich: „Wart, den Dieb find ich." Er bohrte ein Loch in ein Holzscheit, füllte es mit Schießpulver und verschloß es mit einem Holzzapfen so, daß man nichts merkte. Dann legte er das Scheit griffbereit auf den Stapel Es dauerte etliche Tage, da hörte man einen dumpfen Tusch. Als die Dörfler Nachschau hielten, sahen sie den Reitererschuster, wie er sich Ruß und Mörtelstaub aus Gesicht, Haaren und Gewand putzte. Da kam auch der Bäck heraus, und wie er den rußigen Schuster sah, brach er in lautes Lachen aus. So lachen wie der Bäck konnte weitum niemand. Er hielt sich den Bauch vor Lachen und putzte sich die Tränen aus den Augen und lachte weiter. Er steckte mit seinem Lachen das ganze Dorf an, so daß am Ende der rußige Schuster selber grinsen mußte. Aus der offenen Werkstattür des Schusters, die Werkstatt war im „Binderhaus" untendrein, drang Rauch. Drinnen lag der auseinander gefallene Ofen verstreut herum, dort, wo er gestanden war, qualmte noch der Rest eines Feuers. Als aufgeräumt war, stellte der gutmütige Bäck, der auch ein vortrefflicher Ofensetzer war, dem

Schuster den Ofen wieder unentgeltlich auf. Diesmal war der Schuster mit dem Schrecken davongekommen, doch bald sollte ihm das Schießpulver zum Verhängnis werden. Das kam so: beim Scheibenschießen gab es vor den Scheiben einen tiefen Graben. Dort hielten sich die „Zieler" auf. Diese hatten mit einer lanzenartigen Stange anzuzeigen, wo die Kugeln auf der Scheibe eingeschlagen hatten. So lange der Zieler im Graben blieb, konnte ihm nichts passieren. Der Schuster, der öfter als Zieler angestellt war, wollte über den Grabenrand zum Schießstand zurückschauen, als ihn eine Kugel traf und töte. Er hinterließ eine Frau mit drei kleinen Kindern.

Es mag erstaunen, daß einem Menschen, der immer wieder mit Sterbenden und Toten zu tun hat, manchmal Tote erschienen. So hörte Hedwig einmal aus einem anderen Raum, wie ihr Vater mit Marie in der Küche redete und zu ihr sagte: „Heute nacht war sie wieder einmal bei mir, – aber sie braucht sich keine Sorgen zu machen, ich schau schon auf die Kinder, – auch auf die Hedwig." Für Hedwig war es klar, daß er von ihrer verstorbenen Mutter redete. Ein anderes Mal war er beim Tschuffler. Dort lagen der Bauer und der Knecht schwerkrank darnieder. Als er heimkam, sagte er: „Wie ich vor unsere Haustür herkomme, steht der Tschufflerknecht vor dem Nockerwirt. Jetzt weiß ich, daß er gestorben ist." Und wirklich war der Knecht* zum selben Zeitpunkt gestorben. Ein paar Tage später starb auch der Tschufflerbauer.**

Im Spätsommer 1910 sagte der Doktor zu seinen Buben, sie sollen beginnen, von ihren Bekannten in Deutschnofen Abschied zu nehmen, denn wenn sie zu den Weihnachtsferien von der Schule heimkommen, sei er schon Gemeindearzt in Aldein. Diesmal war nicht nur die Sache mit dem Heimatrecht der Grund des Wechsels, sondern in Deutschnofen wurde ihm langsam die Arbeit zuviel. In

---

* Georg Rabatscher *6.12.1855 † 2.12.1909 genannt „Stanajörgl"

** Johann Zelger, Tschufflerbauer * 26.12.1869 † 11.12.1909

der ersten Zeit seiner Praxis haben die Leute den Doktor oft erst dann geholt, wenn der Kranke zum Sterben war. Langsam hatten die Leute ein immer größeres Vertrauen gewonnen, und sein Ruf als guter Arzt war weit, verbreitet. Er hatte sogar einmal einem Mann im Eggental, für den sonst jede Hilfe zu spät gekommen wäre, einen Arm amputiert, wobei zwei zusammengeschobene Stubentische als Operationstisch dienten. So hatte sich die Zahl der Patienten stetig vergrößert, die weiten Entfernungen und beschwerlichen Wege waren aber dieselben geblieben. Seinem Nachfolger stellte die Gemeinde ein Reitpferd zur Verfügung, das hätte man auch ihm zugestanden. Er aber wollte zu Fuß gehen mit dem Rucksack auf dem Buckel, in dem er die wichtigsten Instrumente, Verbandsachen und Medikamente verstaute. Er war jetzt bald 50 Jahre alt, und Aldein mit seiner Fraktion Radein und dem Weiler Holen hatte gerade die rechte Größe für ihn. Zudem war der Weg von Aldein zum Steinmetz weniger beschwerlich als jener von Deutschnofen zum Steinmetz. Das war wichtig, denn der Hof und sein Wald waren weiterhin sein Lieblingsaufenthalt.
Im September 1910 brachte er seine Tochter Hedwig nach Meran. Sie sollte bei den Englischen Fräulein die Handelsschule besuchen. Sie gingen zuerst ins Institut, und Josef Anton erledigte die Formalitäten. Dann zeigte er ihr die Altstadt und den Friedhof. Dort hielt er sich lange bei der Gruft des Dekan Sebastian Glatz auf, den wir schon einmal genannt haben. Dieser war ein Jahr vorher (am 29.09.1909) an einer tückischen Krankheit in Innsbruck gestorben. Offenbar war Josef Anton mit ihm gut bekannt oder befreundet gewesen. Hedwig hatte den Eindruck, daß dies der zweite Tote nach der Schwester Amalie war, der das Geheimnis um die Mutter ihres Papà mit ins Grab genommen hat. Vielleicht waren beide durch Eid gebunden gewesen. Die Toten schweigen. Man stieg später auf den Küchelberg hinauf, und Josef Anton zeigte seiner Tochter die Berge und Schlösser und die Orte des Burg-

grafenamtes. Sie logierten in zwei separaten Zimmern im Gasthof Raffl. Beim Abendessen vereinbarten sie, daß wenn sie Heimweh bekommen sollte, sie keinen Brief vom Institut hinausschmuggeln, sondern ganz einfach einen Punkt unter ihre Unterschrift machen würde, worauf er sie sofort abholen käme. Heimweh kam zwar auf, aber es überwog doch der Wunsch nach einem Schulabschluß, und so wurde das vereinbarte Zeichen nie angewendet. Die Weihnachts- und Osterferien verbrachte sie im Institut und kam erst im Sommer nach Hause.
Im Sommer dieses selben Jahres schickte Maria Streli eine Photographie ihres Sohnes und bittet Josef Anton, daß er denselben großjährig erkläre, da er heiraten wolle. Aus der Photographie ersah der Doktor, daß ihm dieser Sohn viel ähnlicher sah, besonders als er selber jung war, als seine anderen Kinder. Josef Streli hatte zuerst das Gymnasium besucht, dasselbe aber bald mit der Handelsakademie vertauscht, war aber auch da nicht recht weitergekommen. Dann trat er in den Postdienst ein. Josef Anton finanzierte auch noch zwei Kurse und eine gehaltlose Praxiszeit, die von der Postverwaltung verlangt wurde. Im September kommt ein Brief, in welchem Josef Streli darlegt, daß seine finanzielle Position nun so gut wie gesichert ist. Weiter schreibt er:

Meine Verheiratung erfolgt mit voller Einwilligung meiner Mutter. Wir werden im Stöckelgebäude unseres Hauses die Wohnung beziehen, so daß ich auch fernerhin im engsten Verkehr mit der Mutter bleibe. Meine zukünftige Frau ist die Tochter des leider zu früh verstorbenen Postunterbeamten Emil Falkner ... Sie ist ein liebes bescheidenes Mädel mit makellosem Vorleben, und ich habe die vollste Überzeugung, mit ihr recht glücklich zu werden. Zum Schluße meiner wohl allzulangen Mitteilungen bitte ich nochmals um Vergebung meiner selbständigen Handlungsweise und danke aus ganzem Herzen für Ihre allzeit gütige Unterstützung, die im Verein mit der Aufopferung meiner Mutter mich zu einem nützlichen Mitglied der menschlichen Gesellschaft gemacht. In der Hoffnung daß Sie mir Ihre wohlwollende Gesinnung fernerhin beibehalten, verbleibe ich Ihr dankschuldiger

Josef Streli

Der Wunschtraum von der Geborgenheit einer Familie ist nicht nur der Beschreibung seiner Braut abzulesen. Er spricht auch aus der Vereinigung von Vaters „gütiger Unterstützung" und Mutters „Aufopferung", die ihn zu einem „nützlichen" Menschen gemacht hatten.
Einen weiteren Brief erhält Josef Anton im folgenden Jahr, er lautet:

Innsbruck, 27. Februar 1911

Hochverehrter Herr Vormund!

Durch die unendlich vielen Beweise Ihrer außerordentlichen Güte tief beschämt, bin ich nicht im Stande, Ihnen meinen schuldigen Dank dafür auszudrücken, sondern kann Ihnen nur in einfachen Worten die Versicherung meiner vollkommenen Ergebenheit und aufrichtigsten Dankbarkeit geben. Ich stehe am Beginn eines neuen Lebensabschnittes und schaue demselben mit ruhiger Zuversicht entgegen. Kommenden Montag werde ich getraut. Es ist ein eigenes unbekanntes Gefühl, daß mich in den letzten Tagen beherrscht. Nicht als ob es Angst wäre oder Bangen vor der Zukunft. Mir kommt manchmal vor, als stände ich am Anfang einer weiten, unbegrenzten Fläche, die durchschritten werden muß, und dabei steigt eine unbändige Schaffenskraft, eine Liebe zum Leben in mir auf, in der ich die Versicherung einer glücklichen Zukunft erblicke ...
Ich danke nocheinmal herzlich und aufrichtig für Ihre Grüße und Glückwünsche und verbleibe Ihr dankschuldiger

Peppi

Auf einer freien Seite schreibt die Mutter Strelis in schöner, schwungvoller, gut lesbarer Kurrentschrift:

Geehrter Herr Doktor!

Meinen besten Dank für Ihr gütiges Entgegenkommen und verspreche nochmals meinen Verpflichtungen bis zur bestimmten Frist nachzukommen.

Hochachtungsvoll

M.St.

Der knappe Ton dieses Zusatzes und die noch knappere Unterschrift lassen an eine tiefverletzte Seele denken. Sie hatte wohl gehofft, daß Josef Anton sich nach dem Tode seiner Frau ihrer erinnern werde und es doch noch zu einer Verbindung käme. Sie war enttäuscht worden. Er sorgte zwar für ihren Sohn, half auch ihr, wo er konnte, aber heiraten wollte er sie nicht. Warum wissen wir nicht. Die steifen Anreden – Herr Vormund – und – Herr Doktor – gehen möglicherweise auf einen Wunsch des Doktors zurück, der nicht wollte, daß seine Jugendsünde in seinem Arbeitssprengel publik wurde, man konnte ja nie wissen wem die Briefe in die Hände fielen. Interessant ist auch, daß der Briefschreiber das eine Mal diskret mit „Josef Streli“. unterschreibt, dann wieder viel familiärer mit „Peppi“. Da die Antwortschreiben des Doktors nicht erhalten sind, läßt sich nicht mehr feststellen, wie der Doktor seinen Sohn anredete.

Ich kann mich an Josef Streli noch gut erinnern. Er war einmal in meiner Kindheit ein oder zwei Wochen beim Steinmetz. Wir Kinder nannten ihn Onkel Streli. Er pflanzte beim Steinmetz mehrere Obstbäume, die aber leider alle wegen der rauhen Lage wieder eingingen.

Streli war nun versorgt, aber damit sind die Sorgen für Josef Anton nicht weniger geworden. Immer mehr muß er sich mit seinen beiden Buben befassen, die in Bozen bei den Franziskanern studierten. Sie waren zuerst bei Frau

Böhm, dann bei der Frau Überbacher, die selber etwa gleichaltrige Kinder hatte, recht gut untergebracht, aber ihre Oberaufsicht pflegte er selber. Er versuchte, mit ihnen ständig in Kontakt zu bleiben. Das erreichte er, indem er sie verpflichtete, oft einen Brief oder eine Karte zu schreiben. Weiters mußte jeder ein Tagebuch, führen. Für das Geld, das er ihnen gab oder schickte, hatten sie ein Kassabüchl mit EIN und AUS zu führen. Letzteres und das Tagebuch mußten sie ihm von Zeit zu Zeit vorlegen zur Überprüfung. In der Korrespondenz mußten sie den Empfang von Geldsendungen oder Paketen bestätigen. Er selbst führte kein Tagebuch, aber eine ausgedehnte Korrespondenz. Man kann sich aus diesen Schriften, die mein Vater sorgfältig aufbewahrt und geordnet hat, ein gutes Bild jener Zeit und der beschriebenen Menschen machen. Aus diesem Grunde besteht der Fortgang dieser Erzählung zu einem guten Teil aus Auszügen aus diesen Schriften. Daraus geht auch der Unterschied in der Veranlagung der beiden in Bozen studierenden Buben hervor. Peppi, der ältere, war intelligent, bedachtsam, mit viel Ordnungssinn und überlegtem Denken ausgestattet. Wenn die jähzornige Marie auf seine Geschwister einschlug, sagte er: „Marie, du hast kein Recht meine Geschwister zu schlagen." Wenn Marie etwas anordnete, was er nicht in Ordnung fand, weigerte er sich und beugte sich nicht. Er erzählte auch alles seinem Papà, was die anderen Kinder nicht wagten. Seine Lieblingsbeschäftigung war Zeichnen und Malen. Er träumte wohl davon, später einmal Maler zu werden. Andersgeartet war Karl. Intelligent war auch er, aber unüberlegt und impulsiver als sein Bruder. Seine Liebe war die Musik. Der Vater hatte ihm zu Weihnachten (1908) eine Zither geschenkt, und er ward mit der Zeit ein guter Zitherspieler. Wie wir noch sehen werden, blieb die Zither sein ständiger Begleiter, als ob sie ihm die Mutter ersetzte, die er von seinen Geschwistern wohl am meisten vermißte. Zu seinen Hobbys gehörten auch eine Marken- und eine Mineraliensammlung. Seine Tagebücher haben besonders in den ersten Jahren oft sehr karge Eintragungen, später werden die Notizen reicher und ausführlicher, aber so klein, eng und teilweise stenographiert geschrieben, daß sie beinahe unleserlich sind. Er hat sie dann aber, wohl auf Verlangen seines Vaters, der sie ja lesen wollte, teilweise in „Schönschrift" abgeschrieben. Einige Kostproben aus seinen Tagebüchern:

1908
Notes
für
Karl Raffeiner
I. Klasse Gymnasium
Deutschnofen-Bozen

1. Januar 1908 Neujahr ging ich mit Peppi und Hedwig zum Tschuffler (Pathen).
2. Januar 1908 ging ich und Peppi zum Köchl. Kamen Peppi und ich um 3/4 7 Uhr in Bozen an.
3. Januar 1908 begann wieder die Schule
4. Januar 1908 schrieb ich dem Papa, und er schickte uns die Schuhe und die Schlittschuhe.
5. Januar 1908 gingen wir in den Kinemathographen und auf der Promenade spazieren.

Am Ende des Schuljahres wird das Tagebuch ab und zu etwas ausführlicher wie zum Beispiel am:

27. Juni 1908 gingen wir mit dem Papa zum Krain hinab weil sich dort ein Kind den Fuß gebrochen hatte, dann gingen wir zum Schwab hinab, bis Halbweg hinauf, dort aßen wir und gingen noch in der Nacht nach Petersberg hinauf, weil beim Scheibenschießen der Reitererschuster (Thaler) erschossen wurde. Als wir beim Hause des Binderfranz vorbeigingen, sahen wir in demselben ein Licht brennen und hörten die Stimme mehrerer Männer. Wir gingen hinein, dort hatten sie die Leiche des Erschossenen aufgebahrt. Wir gingen dann zum Hiasl (Wirtshias) *und aßen Nachtmahl. Um halb zwölf Uhr gingen wir schlafen. Ich konnte bis 1/2 2 Uhr nicht schlafen.*

und tags darauf:
28. Juni 1908 Papa stand schon um 5 Uhr auf und machte den Totenbeschau. Später folgten auch wir, aßen unser Frühstück und gingen zum Steinmetzegg hinab Grenzsteine zu suchen. Wir gingen dann nach Weißenstein und nach Deutschnofen.

Eine nette Episode, die sich beim Steinmetz zugetragen hat, lesen wir am:

27. Juli 1913 So. Beim Gottesdienst war ich in Petersberg. Nachmittag schweifte ich durch die Wälder, durch Wiesen und Auen ... Als ich zurückkam, harrte meiner eine schöne Bescherung: Ein wirklich herziges Stromerpärchen (Landstreicher) *Männlein und Weiblein baten um ein Nachtquartier. Ich gewährte ihnen die Bitte;- damit war aber eine riesige Schererei verbunden, denn Marie und Milly fürchteten sich so vor diesen beiden, daß ich die ganze Nacht auf der Ofenbrücke in der Stube schlafen mußte (Die Stube ist vor Maries Schlafzimmer!). Ich las einen Schinderroman, den mir Herr Bernauer – so hieß unser Gast – übergab: „Der Dolch des Dogen" von X.X. Großartig, furchtbar, gräßlich, schauerlich, schrecklich, grauenerregend, was die Leute doch für einen Geschmack haben. Alles nur Sensation!*

Und einen Tag später am:
28. Juli 1913 Mo. In der Früh ging ich mit Marie nach Weißenstein. Dort traf ich Lantschner, ich ging mit ihm ein wenig spazieren. Wir sahen und sprachen Dr. P.P. Antonius von Luttna O.F.M., den neugebackenen Philosophie – Doktor, den Weltmann mit Zwicker, gebranntem Haar und geschminktem Angesicht, der Mann aus „gutem Hause".*

---

* O.F.M. Ordo Fratrum Mincrum (Orden der Minderen Brüder = Franziskaner)

Peppi kam von Aldein; wir halfen zuerst dem Hilber ein wenig bei der Heuarbeit, hierauf gingen wir zum Weiher baden.

Aus dieser Eintragung ist ersichtlich, daß dieser Pater Anton Luttna den Widerwillen Karls erregt hat. Sein Urteil ist bissig: „ein Franziskaner mit gebranntem Haar und geschminktem Gesicht!" Das Gymnasium der Franziskaner in Bozen hat eine ehrenvolle Vergangenheit hinter sich, und alles wäre in schöner Ordnung, wenn dasselbe von Benediktinern, Augustiner Chorherren oder Salesianern geführt würde. Die Gründer dieser Orden waren alle den Schulen gegenüber positiv eingestellt. Anders Franz von Assisi. Er hatte zur Wissenschaft ein schlechtes Verhältnis. Er war überzeugt, daß diese den Menschen immer mehr sowohl von Gott als auch von der Schöpfung wegführe. Das ist auch eingetreten. Die Wissenschaft war Franz so verdächtig, daß er seinen Brüdern untersagte, Bücher zu besitzen. Was Franz von Assisi aber ganz besonders fremd war, war das Elite-Denken. Er selbst, aus einer reichen Kaufmannsfamilie kommend, verließ absichtlich die gehobene Stellung und lebte in freiwilliger Armut. Obwohl sehr gebildet, lehnte er es immer ab, Priester zu werden. Die Briefe an seine Brüder unterschrieb er: Vostro picciol fra Francesco – Euer kleiner Bruder Franz. Klein wollte er bleiben, und gerade deshalb ist er einer der Größten geworden.

Doch nun zum Gymnasium. Ein solches ist an sich schon Elite. Außer dem Schuldiener gehören alle entweder schon einer höheren Schicht an oder versuchen dorthin zu kommen. Aufgabe des Gymnasiums ist es, eine Elite heranzubilden. Kurz gesagt: die Jünger machten genau das, wovon Franz von Assisi nichts wissen wollte.

Ob bei der Begegnung zwischen dem „neugebackenen" Professor und Karl dieser eine ironische Bemerkung fallen ließ oder ob der Professor nur merkte, was Karl von ihm hielt, weiß man nicht. Fest steht nur, daß Karl im

folgenden Schuljahr die Macht des Professors aufs härteste zu spüren bekam.
Doch zunächst sehen wir uns einige Ausschnitte aus den Briefen an, die Josef Anton seinen beiden in Bozen studierenden Söhnen geschrieben hat. Aus dem ersten dieser Briefe geht hervor, warum ihm die bäuerliche Bevölkerung lieber ist als jene der Stadt. So berichtet er über die Feier, bei welcher Pfarrer Noggler das Verdienstkreuz erhalten hat:
Die Herren (Bezirkshauptmann Graf Ceschi, Probst Trenkwalder etc.) waren über den feierlichen Empfang erfreut, die Musikkapelle (Regimentskapelle aus Bozen) über die gute Verpflegung und über die wahre Andacht, mit welcher das bäurische Publikum dem Spiele zuhörte, im Gegensatz zum gebildet sein wollenden städtischen Publikum, welches rücksichtslos tratscht und lärmt, daß, wie der Kapellmeister versicherte, nichts übrig bleibt, als mitten im Stück einzuhalten, um so das Publikum an den Anstand zu erinnern.

Neben Ermahnungen und Zurechtweisungen findet sich in seinen Briefen auch Lob. So schreibt er am 28. September 1909

Lieber Karl!
Deinen Brief habe ich erhalten. Sage Dank dafür. Derselbe war sehr hübsch geschrieben und ist nett angekommen. Recht so, Rechtschreibung, Schönschreiben und äußere Form dürfen nie fehlen. Freilich sind Handelsschüler und Realschüler den Gymnasiasten in diesem Punkte überlegen. Lerne recht fleißig und führe das Tagebuch und Kassebuch recht. Mein Brustkatarrh hat sich gebessert. Dies in Eile um 6 Uhr morgens. Ich muß zum Waldner nach Aldein.
Grüße an Dich und Peppi und Empfehlungen an Frau Böhm von Deinem liebenden Vater
Dr. J. Raffeiner

Doch kaum einen Monat später hat das Wetter umgeschlagen, und er verbirgt seinen Zorn nicht:

Deutschnofen, 26. Oktober 1909

Lieber Karl!
Du wußtest, daß ich Verdruß sowieso zur Genüge hatte und statt mir dafür Freude zu bereiten, hast Du und Peppi mir nicht nur neuen Verdruß, sondern auch Schande bereitet. Die Wohnung mußte Euch wegen Eures groben Benehmens gekündigt werden. Der Herr Direktor nannte Euer Benehmen impertinent und gleich dem der Gassenbuben.
Es hat sich nun eine neue Unterkunft, aber nur provisorisch, gefunden, die Ihr am 10. November beziehen könnt. Dort müßt Ihr Euch so aufführen, daß keine Klage laut wird, sonst werde ich meine Hand von Euch zurückziehen. Ich bin jetzt bald so alt und ungesund, um an mich selbst und die Hedwig zu denken, statt an undankbare Söhne all meine Sorgen zu vergeuden ...

Euer Vater
Dr. Josef Raffeiner

Doch wiederum einen Monat später ist der alte Ärger schon vergessen:

Deutschnofen, 30. November 1909

Lieber Karl!
Deinen Brief vom 25. November 1909 habe ich erhalten und danke dafür. Es freut mich, daß es Dir gutgeht und daß Eurer Betragen und das Verhältnis zu Frau Böhm ein gutes ist ...

Im neuen Jahr löst sich auch das Problem mit der gekündigten Wohnung. Peppi kann seinem Vater berichten:

Bozen, am 4. Jänner 1910

Lieber Papa!

Ich habe Dir bereits gestern in Eile berichtet, daß wir glücklich in Bozen angekommen sind und daß Karl von Frau Böhm aufgenommen wurde. Gestern war ich bei Frau Cihlar, die uns die Wohnung der Frau Überbacher besonders empfahl. Sie ging auch dorthin, um für uns die Wohnung zu nehmen. Karl war heute bei ihr und erfuhr, daß wir aufgenommen werden. Ich bin sehr froh, daß ich Dir berichten kann, daß wir nicht auf der Gasse stehen, sondern in einem guten Orte Aufnahme finden. Betreffs des Pensionsgeldes kann ich nichts Bestimmtes sagen. In der Schule geht es uns gut, wir haben das Studium im Jahre 1910 mit frischem Mute angepackt, in der Hoffnung, daß dieses Jahr zu unserer und Deiner Befriedigung ausfällt. In dieser Hoffnung und vielen herzlichen Grüßen schließe ich mein Schreiben und verbleibe Dein gehorsamer Sohn

Peppi

Ein herzlicher Gruß von Karl

Und eine Woche später kann Karl erläutern, daß eigentlich der ganze Wohnungswechsel ein gutes Geschäft gewesen ist. Er schreibt seinem Vater:

Bozen, den 11. I. 1910

Lieber Papa

Hast Du den letzten Brief von Peppi erhalten? Wie geht es Dir? Uns geht es sehr gut. Am 9. d.M. bezogen wir die Wohnung bei Frau Überbacher, dieselbe ist auch sehr gut und die Kost auch. Die einzelnen Portionen sind nahezu noch so groß, als sie bei Frau Böhm gewesen sind. Wir bitten Dich, auch dem Aufseher zu berichten, daß wir eine neue Wohnung bezogen haben, denn nach den Disziplinarvorschriften müssen die Eltern den Aufseher über den Wohnungswechsel ihrer Kinder in Kenntnis setzen. Wir*

* gemeint ist: doppelt so groß.

werden uns recht bemühen, durch fleißiges Studieren Dir Freude zu machen und um Lichtmeß ein gutes Zeugnis heimzubringen.
Mit vielen herzlichen Grüßen verbleiben wir Deine dankbaren Söhne

Karl und Peppi

Die Sache hatte aber noch ein schulbürokratisches Nachspiel, wie folgender von Peppi verfaßter Brief erklärt.

Bozen, am 18. Jänner 1910

Lieber Papa!
Ich habe Deinen letzten Brief vom 15. Jänner vorgestern richtig erhalten und habe die Empfehlungen an Frau Überbacher getreulich ausgerichtet. Auch habe ich den Brief an meinen Aufseher, den Du beigelegt hast, erhalten. Ich ging dieser Tage zum Aufseher, meldete ihm inzwischen meinen Wohnungswechsel. Er fragte, wer uns die Wohnung gesucht hatte, und ich nannte Frau Cihlar. Er nahm das übel auf und sagte, es sei als Aufseher seine Sache, uns um eine Wohnung zu schauen. Die Wohnung bei Frau Überbacher sei zwar gut, allein wir hätten ihn fragen sollen. Zugleich sagte er, er mache uns deshalb nicht mehr Aufseher. Sonst ist er mit uns ganz gut. Als ihm jüngst Frau Überbacher begegnete, fragte er sie, ob sie mit uns zufrieden sei, und auf ihre Frage, ob wir wohl fleißig studieren, hat er geantwortet: „Daß sie studieren, brauchen Sie keine Sorge zu haben." Frau Überbacher sagte uns auch dann, daß er bei ihr über uns ein gutes Urteil gefällt habe. Habe aber keine Sorge! Die Aufseherstelle übernahm Pater Polykarp Öllinger, der zugleich persönlicher Freund der Frau Überbacher ist. Diesem übergab ich auch Deinen Brief, und er gab ihn dem Direktor.

Der merkwürdigste Brief, den Josef Anton seinem Sohn Karl in diesem Jahre schrieb, ist dieser:

Deutschnofen am 13. September 1910

Lieber Karl

Seid Ihr am Samstag glücklich in Bozen angekommen? In der Nacht vom 11. zum 12. Sept. hatte ich einen schrecklichen Traum und im selben viel geweint.
Der Karl machte auf einem Holzpfeiler, der am Ufer eines Flusses im Wasser eingeschlagen war, eine Turnübung (Handstand) schwang sich ins Wasser, wo ihn eine reißende Strömung gegen das andere Ufer und abwärts trieb. Ich sah ihn nie das Ufer erreichen, lief stromabwärts, dann stand ich vor einem Eisenbahnzug (wahrscheinlich am anderen Ufer), der abwärts fuhr, frug jemand, ob in diesem Fluße jemand gerettet werden könne. Auf die ungünstige Antwort lief ich weinend den Zug entlang aufwärts; die Waggons waren voll italienischer Arbeiter. Alle wußten vom Verbleiben des Karl nichts. Schließlich glaubte ich schon, die Leiche zu sehen, die sich aber als Stück Holz, puppenartig gekleidet, erwies. Ich erwachte jetzt, und der Jammer war zu Ende. Grüße an Peppi und bitte Euch recht brav zu sein und das in jeder Beziehung. Seid nicht zu waghalsig beim Schwimmen und Turnen
Euer liebender Vater

Zwei Wochen später übersiedelt er von Deutschnofen nach Aldein. Ein weiterer Brief gibt Aufschluß über die Ansichten und Sorgen Josef Antons.

Aldein 4. April 1911

Lieber Karl

Aus dem Briefe Peppis vom 2. April ersehe ich, daß Du in Mathematik sehr schwach bist. Ich bitte Dich, allen Fleiß anzuwenden, um doch durchzukommen. Sage dem Peppi ich befehle ihm, Dich täglich in Mathes eine Stunde zu unterrichten. Wenn Du heuer durchkommst, hast

wenigstens das Untergymnasium absolviert. Mit diesem kann man in einigen Berufen weiterkommen, wenn Du das Obergymnasium nicht fertig machen willst oder kannst.
Mich freut es, daß Ihr die Anzüge vom Deutschnofner Schneider habt machen gelassen. Erstens kommt es billiger zu stehen, zweitens habt Ihr Eure Eitelkeit bezähmt. Ein Student muß stolz sein, aber nicht eitel wie etwa ein Friseurjüngling oder ein Mädchen der höheren Töchterschule. Deinen Brief vom 27. März habe ich auch erhalten. Etwas gefällt mir an Euch gar nicht mehr. Es ist die Bäuerlmena gestorben, die Tschufler-Martha gestorben, der Sekretär gestorben, Leute, die Euch nahe gestanden und viel Gutes erwiesen haben. Aber in keinem Briefe habt Ihr Euer Erstaunen geschweige Euer Bedauern darüber ausgedrückt. Ich glaube, Euer Vater, Marie etc. könnten ruhig sterben, ohne zu fürchten Euch aufzuregen. Beim Studium sind Eure Manieren nichts besser geworden, aber Eure Gefühle verhärtet worden. Wenn es nicht zu spät wäre, möchte ich Euch ermahnen, die heimatliche Scholle mit allem, was daran hängt, nicht zu vergessen. Alles Gute und Schöne, was man in den Städten findet, hat seine Wurzeln doch im Lande und bezieht von dort seine Kräfte. Mit meinem Magen geht es immer gleich. Viele Grüße
Euer Vater

Am 26. April 1913 berichtet Josef Anton in einem Brief an Peppi und Karl, daß ihm die Köchltheres von Deutschnofen geschrieben habe, der Lehrervater sei schon längere Zeit krank. Aus einem weiteren Brief des Lehrervaters selber ersah Josef Anton, daß dieser sehr schwach war und ihm das Schreiben Anstrengung gemacht hatte. Er war daraufhin nach Deutschnofen gegangen und hatte ihn völlig geschwächt vorgefunden. Der Lehrervater wünschte, daß seine Tochter, die Marie, seiner Frau bei seiner Pflege behilflich sei. Josef Anton schickt die Marie bei seiner

Rückkehr nach Aldein gleich zu ihrem Vater. Anfang Mai d. J. starb der Lehrervater*.

In diesem Jahr beendet Hedwig mit gutem Erfolg die Handelsschule in Meran. Sie bekommt eine Arbeitsstelle bei einer Transportfirma angeboten. Sie bespricht sich mit ihrem Vater und entscheidet sich dann, bei ihm zu bleiben und ihm zu helfen, denn Marie ist mit den Jahren immer launischer geworden. Hedwig hält sich teilweise beim Steinmetz, dann wieder in Aldein auf, wo der Doktor die schöne und große Wohnung im Obergeschoß des Spitals zugewiesen bekommen hatte.

Anfang August dieses selben Jahres erkrankt Karl an Typhus. Er wird in Aldein im Doktorhaus von Marie und Hedwig aufopferungsvoll gepflegt. Zum Typhus kommt noch eine Rippfellentzündung und Lungenentzündung hinzu. Josef Anton bangt um das Leben seines Sohnes. Am 21. September schreibt er an Peppi, daß Karl am 19. das erstemal aufgestanden sei, worauf er aber heftige Schmerzen bekommen und die Nacht sehr schlecht zugebracht habe. Tags darauf ging es ihm etwas besser. Er war aber stark abgemagert und geschwächt. Zu Weihnachten (1913) schenkt Peppi seinem Vater einen sogenannten „Dürerkalender" für das Jahr 1914. Peppi hatte ihn hauptsächlich wegen der vielen Zeichnungen Ludwig Richters, für den er immer eine besondere Vorliebe hatte, ausgewählt. Als er einige Zeit später mit seinem Vater diesen Kalender besprach, äußerte sich dieser abfällig über denselben. Er sagte von diesem, daß es ein kriegshetzerisches Buch und die darin zum Ausdruck gebrachte Mentalität eine Bedrohung des Weltfriedens und ein böses Vorzeichen für Tirol und das ganze deutsche Volk sei. Peppi hat diese Aussagen seines Vaters in einer Notiz im Kalender festgehalten.

Die Staaten Europas standen schon seit Jahren in einem aufreibenden Konkurrenzkampf der Aufrüstungen. Be-

* Franz Graff † 6.5.1913 81 Jahre alt

sonders England und Frankreich beobachteten mit Argwohn die Aufrüstung in Deutschland und seine immer mächtiger werdende Kriegsflotte. Dazu kam noch, daß es schon Jahrzehnte keinen Krieg mehr gegeben hatte. Generalstabsoffiziere konnten ihre Schlachtpläne nur im Sandkasten oder bei Manövern ausführen, ihr Beruf war aber Krieg führen, nicht Krieg spielen. Für die meisten Menschen ist es aber eine glückliche, goldene Zeit gewesen. Es ging den Menschen allgemein gut, die Kultur wurde gepflegt, viele Leute beherrschten zwei Sprachen und nicht wenige auch mehr. Beinahe in jedem Haus wurde musiziert. Es fehlte jene Hektik, die uns in unserer Zeit kaputt macht. Man hatte noch Zeit, miteinander zu reden und zu spielen, miteinander zu singen und zu wandern.
Der Staat griff noch nicht in alle Details des menschlichen Lebens und Zusammenlebens ein. Per saldo war damals die Freiheit weit größer als heute. Aus dieser Idylle wurden die Menschen durch die Schüsse von Sarajevo aufgeschreckt, mit denen am 28. Juni 1914 der österreichische Thronfolger Franz Ferdinand und dessen Frau Sophie Chotek ermordet wurden. Das Attentat war von panslawistischen Kreisen in Serbien angezettelt und von einem serbischen Studenten ausgeführt worden. Der österreichische Kronrat, allen voran der Außenminister Graf Berchtold, wollten Serbien den Krieg erklären. Man erhielt von Deutschland die Zusicherung unbedingter Bündnistreue. Daraufhin stellte Österreich Serbien ein Ultimatum, das kaum annehmbar war. Es wurde von Serbien bis auf wenige Details angenommen. Der österreichischen Regierung genügte das nicht, sie schloß ihre Gesandtschaft in Belgrad. Wenn bis dahin die Sympathien der Welt Österreich und seinem alten Kaiser galten, wendeten sie sich jetzt von Österreich ab, als es klar wurde, daß man nur einen Vorwand suchte, das kleine Serbien zu überfallen. Kaiser Franz Josef wollte eine Kriegserklärung an Serbien nicht unterschreiben, da log man ihm vor, daß die Serben bereits auf k.u.k. Truppen an der Donau das Feuer

eröffnet hätten. Nun unterschrieb der Kaiser. Doch jetzt wollte Rußland den „slawischen Brüdern“ am Balkan zu Hilfe eilen. Auch in Moskau wollte der Zar Nikolaus II. zunächst von einem Kriegseintritt nichts wissen, aber auch er gab schließlich den Bestürmungen seiner Minister und Generäle nach. Rußland gab am 30. Juli Mobilmachungsbefehl. Am 1. August mobilisierten Deutschland und Frankreich. Nun kommandierten die Militärs auch über die Regierungen und über die gekrönten Häupter. Deutsche Truppen marschierten in die neutralen Staaten Belgien und Luxemburg ein, um das französische Heer in einer Zangenbewegung einzuklemmen, provozierten damit aber England, das nun Deutschland den Krieg erklärte. Als Kaiser Franz Josef von der englischen Kriegserklärung hörte, sagte er bedrückt: „Jetzt ist die Sache verloren.“ Die Mehrzahl der Menschen taumelte begeistert in den Krieg. Wenige haben eine klare Einsicht wie der Kaiser. Unter letzteren ist auch der Tiroler Abgeordnete Josef Kienzl aus dem Sarntal, der im Reichstag aufsteht und sagt: „Diesen Krieg verspielen wir – gegen England ist noch nie ein Krieg gewonnen worden.“ Beifall bekommt er keinen, und nur seine parlamentarische Immunität bewahrt ihn vor Verfolgung. Auch Josef Anton sagt Ähnliches zu seinen Bekannten. Ihn schützt das hohe Ansehen, daß er am Regglberg genießt, vor Anzeigen und Verfolgung.

Nie etwas erfahren habe ich darüber, wie Josef Anton auf den Tod des Erzherzogs Franz Ferdinand reagierte, der ja nach der allgemeinen Ansicht über des Doktors Abstammung sein Halbbruder war.

Im oben genannten Dürerkalender steht in meines Vaters Handschrift weiter:

Der Inhalt des Kalenders entsprach aber durchaus der geistigen Verfassung der Mehrheit des deutschen Volkes. Vor allem der studierenden Jugend und ihrer Lehrerschaft von damals. Auch wir am Bozner Patergymnasium waren in diesem Geist erzogen worden. Die lauten Jahrhundert-

feiern des Jahres 1913 zur Erinnerung an die Freiheitskriege von anno 1813 hatten nicht wenig zu dieser Geisteshaltung beigetragen. Wir schwärmten für die Dichter der Freiheitskriege: für Theodor Körner, Max von Schenkendorf und Ernst Moritz Arndt, wir schwärmten für Lützows Jäger, für Stein, Blücher, Gneisenau und Jahn. Seit 1910 hatten wir Obergymnasiasten regelmäßig Schießunterricht auf dem Militärschießstand in Haslach erhalten. Es war also kein Wunder, daß wir mit heller Begeisterung in den Weltkrieg zogen.

Zum Unglück des Krieges war im Doktorhaus ein weiteres Ungemach hinzugekommen: Karl war in Geschichte bei Prof. P. Anton von Luttna durchgefallen. Peppi hingegen hatte sein Gymnasialstudium mit der Matura beendet (02.07.1914). Im September wurde er in Brixen gemustert und für tauglich erklärt. Zwei Tage nach der Musterung mußte er einrücken. Er kam nach Linz in eine Feldkanonenkaserne und diente dort als Einjähriger Freiwilliger d.h. als Anwärter auf den Rang eines Reserveleutnants.

Karl, der auch die Nachprüfung im Herbst nicht bestanden hatte, wiederholte das Jahr am deutschen Gymnasium in Trient. Josef Anton schrieb seinem Sohn Karl liebevolle Briefe, die immer auch Ermahnungen oder Zurechtweisungen enthalten. Er lebte in großer Sorge um das Schicksal seiner beiden Söhne. Er klagte über Magenschmerzen und war jetzt öfters deprimiert. Er erfuhr, daß im März 1915 auch Karl zur Assentierung, wie man damals die Musterung nannte, gehen muß. Und nun begann sein Kampf, wenigstens diesen Sohn vom Militärdienst, was gleichbedeutend wie Kriegsdienst war, freizubekommen. Es bestand dazu auch eine gute Aussicht. Karl hatte sich schon früher eine Verletzung an einem Auge zugezogen. Im Brief vom 2.3.1915 schreibt er:

Lieber Karl!

Wie Dir bereits Hedwig berichtet, sollst Du zu Dr. Wachtler, Augenarzt Bozen, gehen, um Dich wieder untersuchen

und ein ärztliches Zeugnis ausstellen zu lassen. Nach seinen Aufschreibungen allein, weil zu spärlich, will er dasselbe nicht verfassen. Du bist also schon angemeldet "
Fünf Tage später (7.3.1915) fragt er nach, ob er bei Dr. Wachtler gewesen ist und ob er die Zeugnisse in Ordnung hat.

Wiederum drei Tage später (10.3.1915) schreibt er:

Lieber Karl!
Bei der Musterung mußt' auch bemerken, daß Du im Herbst 1913 eine Rippfellentzündung mit Exsudat rechterseits unten und Schmerzen an der rechten Lungenspitze durchgemacht hast. Zeugnis könnte nur vom eigenen Vater beigebracht werden. Schreibe doch regelmäßig und oft. Mit vielen Grüßen

Dein Vater

Doch die Hoffnungen Josef Antons gehen nicht in Erfüllung. Karl rückt im April als Einjähriger Freiwilliger in die Kaiserjäger-Kaserne in Innsbruck ein.
Am 22.4.1915 schreibt Josef Anton:

Lieber Karl!
... Mit der Aufnahme einer Wohnung eile nicht, erstens wegen Kostenpunkt, zweitens will ich, daß Du in einer anständigen Wohnung, in einer detto Straße und bei einer detto Familie, nicht in einer irgendwelchen Bude, in einer verrufenen Gasse (Mentelgasse?) unterkommst. Da kann Dir irgend jemand, der in Innsbruck gut bekannt ist und auch mich kennt, behilflich sein. Ich denke in erster Linie an die frühere (vielleicht auch noch gegenwärtige) Oberin im Sieber'schen Waisenhaus, der Du Dich als mein Sohn vorstellen kannst und Dein diesbezügliches Anliegen ohne Scheu vorbringen kannst. Zweitens kann Dir der*

---

* Schwester Lazzarina vom Kloster an der Kettenbrücke

Provinzial der P. Serviten (früher Prior in Weißenstein) * – den Du ohnehin einmal besuchen mußt, einen Rat in diesem Punkt geben. Es ist zwar gewagt, einen Herrn in einer solchen Stellung in einer solchen Sache zu belästigen, aber ich halte die Sache für so wichtig, daß Du auch diesen Schritt machen sollst.*
Zu Dr. Zelger, Primarius an der Kettenbrücke, bist schon gegangen?
Durch solche Bekanntschaften aus guter sozialer Stellung hoffe ich Dein Selbstbewußtsein zu heben und vor anderen Gefahren zu bewahren, bis Dein Charakter so erstarkt ist, daß – wie Peppi von sich schreibt – auch Du unbeschädigt durch das furchtbare Getriebe hindurchgehen kannst wie Dante durchs Inferno.
Von Peppi letzten Brief (12. April) aus Feuerstellung erhalten. Etwas verzwickte Stellung. Der alte Homer, den Du ihm geschickt hast, freut ihn.
Also lebe recht brav, sei stolz, nicht hochmütig und denke an den Vater auf daß Du ihm keine Schande und keinen Verdruß machst. Lebe recht wohl und sei herzlich gegrüßt
von Deinem liebenden Vater

Gleichzeitig schickt Hedwig etwas in einer Schachtel.

Zwei Tage später (24.4.1915)

Lieber Karl!
... Ich bitte Dich inständig nur das Notwendigste aus eigenem anzuschaffen. Mit der Extrauniform bist mir zuvorgekommen. Überhaupt was ist mit dem Volksheer? Die einen in Lumpen, die anderen Salonmartes. Du schaust mich für einen guten Häuter an, aber unsere Zuneigung hat schon stark gelitten. Merke das. Alles ist eitel gegen die Menschenliebe – Ruhm, Stolz, sogar ein flotter Staat. *

---

* Pater Georg Maria Ladstätter

** „flotter Staat“ nannte man damals eine aufwendige Bekleidung.

Der nächste Brief vom 25.6.1915 trägt schon den Stempel k.u.k. Militärzensur Bozen am Umschlag. Das bedeutete, daß die Briefe geöffnet und gelesen wurden. Man mußte nun aufpassen, was man schrieb. Noch einmal versucht Josef Anton eine Freistellung Karls zu erreichen. Er schreibt (am 22.7.15):

Lieber Karl!
... Wenn Du Schritte tun willst, um wegen Deines Augenfehlers superarbitriert (von höherer Stelle überprüft) *zu werden, wäre es mir sehr lieb, und zu dem Zwecke lege ich im Cuvert eine Karte an Dr. Franz Winkler bei, der Dir zwecks Untersuchung einer Augenklinik und Zeugnis an die Hand gehen wird. Jedenfalls stelle Dich mit der Karte bei ihm vor ...*
Sehr freut es mich, daß Du wegen Steinmetz nachfragst. Die Mena ist Häuserin, der Fuchslocher-Hansl ist Schaffer, der alte Hilber-Hiesl ist fort, weil er mit dem Zadra, der auch als Taglöhner dort mäht, nicht auskommen konnte. Mit Tränen ist er fort. Ferner ist auch der Probes Louis dort und fürs ganze Jahr als Füttérergehilfe ein Sohn des Lantschner-Michele in Radein. Alles Verwundete, Blinde und Kinder – das macht der Krieg. Sie machen es aber recht gut und ich bin recht zufrieden. Heu genug und auch zur Hälfte schon im Stadel und zwar recht gut ...
Mit herzlichen Grüßen und Küssen
Dein liebender Vater

Etwas, was ihm an Karls Ansichten nicht gefällt, rügt er im Brief vom 31.8.15.

Lieber Karl!
... Warum soll Mannschaft und Einjährige Freiwillige nicht im gleichen Raum schlafen? Wenigsten braucht das Gegenteil nicht unter Anführungszeichen vermerkt zu werden. Die Hauptsache ist nur, daß der Raum dem Zweck

entspricht. Notwendig wäre nur ein abgesonderter Raum für Einjährig Freiwillige zwecks ruhigen Studiums. Das andere Verlangen deutet auf einen herrischen, ungerechten Sinn, der von Geburt im Menschen steckt und, daß unsere Schulen alles nur nicht die Menschenrechte lehren. Zuwas spricht man von einem Volksheer? Doch genug, es sei Dir das gute Bett vergönnt. Schreibe die Adresse des Quartiergebers und den Tag des Eintritts, und ich werde ihm das Geld schicken ... Es geht immer weniger Geld ein, und ich bitte Dich daher zu sparen und z.B. nicht im Gasthaus zu essen, sondern Rohmaterial zu beschaffen. Letzte Nachricht von Peppi am 28. August erhalten, es ging ihm noch gut. Jetzt scheint dort der Kampf aufs Neue zu entbrennen. Neuigkeiten viele aber nicht fröhliche, daher berichte ich sie nicht. Eine Familie Eibel ist hier aus Trient (evakuiert), die Söhne gehen mit den abgeschmackten Couleurmützen herum. Einer sagte, daß er in der gleichen Klasse mit Dir war und deutete an, daß Du alles getan, um nicht bei der Musterung frei zu werden. Habeant sua fata filii. (Die Söhne sollen ihr Schicksal haben.) *... Schreibe mir bald und zwar einen Brief, denn nur in einem solchen kannst Du Platz haben, diesen meinen sinngemäß zu beantworten.*

Viele Grüße und Küsse
vom Vater

Ein weiterer Brief vom 9.9.1915 enthält nachstehende Vorwürfe:

Lieber Karl!
... Punkto Befreiung vom Militär bist meiner Frage ausgewichen. Ob E... an abgeschmackten Dingen Freude hat ist mir gleichgültig, ich möchte wissen, ob er wahr spricht. Ich muß es glauben, weil Du in Deiner Nichtaufrichtigkeit so antwortest und auch später wegen Superarbitrierung nicht meinen Wünschen gefolgt, also auch bei der Musterung wahrscheinlich schon so gehandelt hast. Vaterlandsliebe,

Tapferkeit, wegen dem mögen Dich andere loben. Mir bist nicht entgegen gekommen, was bei dem greifbaren Befreiungsgrund leicht möglich war. Mir wäre es lieber gewesen, wenn bei strengster Pflichterfüllung es anders gekommen, weil ich Dich in der Nähe gehabt, mit Rücksicht auf unsere nicht glänzenden Verhältnisse und auf meine Ideen, die mir bald höher stehen als die Familie. Wenn man seine Ideale von den Kindern nicht vertreten oder durch andere ersetzt findet, hat man umsonst gelebt oder für gegnerische Ideen gearbeitet ...

Bittere Resignation spricht aus diesen Zeilen. Josef Anton sagt nicht, was seine Ideale sind, aber sie gehen klar aus seinem Leben und seiner Arbeit hervor. Er will Menschen helfen, will heilen, wo er kann, und trösten und lindern, wo er nicht mehr heilen und helfen kann. Er verabscheut diesen Krieg und jeden Krieg. Er kann nicht verstehen, daß gerade dieser sein Sohn partout in den Krieg ziehen will, auf andere Menschen schießen will.

In diesem Jahr leidet Josef Anton unter einer sehr schmerzhaften Gesichtsallergie, die ihn nachts nicht schlafen läßt und ihn bei seinen vielen Tätigkeiten schwer behindert.

In einem Briefe (5.11.15) schreibt er, Karl solle nur dringende Sachen kaufen, keine solche Lektüre, wie er bei ihm gefunden habe. Wenn er nach Galizien (an die russische Front) komme, so soll er sich eine slawische Grammatik besorgen. Er bittet ihn jeden Heller umzuwenden, denn das Geld sei knapp. Schon zwei Monate hat er kein Wartgeld mehr bekommen und mußte beim Steinmetz Vieh verkaufen.

Wenn Josef Anton etwas besonders wichtig war, bediente er sich des Lateins. So schrieb er an Karl ein paarmal *cave mulieres* d.h. meide die Frauen. Der Unterschied in der Denkweise zwischen Vater und Söhnen geht aus folgender Tagebucheintragung Peppis vom 7. Nov. 1915 hervor: *Abends bekam ich endlich eine Karte von Papa. Die erste seit längerem, doch machte sie mir keine Freude, denn*

warum schreibt Papa: „Vivant omnes gentes" in einer Zeit wo „gens contra gentem pugnat"? Der Vater meint: „Alle Völker sollen leben" – der Sohn versteht das nicht wenn „Volk gegen Volk kämpft". Der Sohn steht an der Front gegenüber dem Feind. Der Vater will ihm zu denken geben, daß das, was für den Sohn Feinde sind, für ihn Menschen sind. Menschen und Völker, denen er das Leben und nicht den Tod wünscht.
Kurz vor Weihnachten wünscht Josef Anton seinem Sohn Karl gute Feiertage und empfiehlt ihm (19.12.15)

Lieber Karl!

... Lasse Dir am Christabend das Zimmer heizen und denke bei bescheidener Feier an frühere Zeiten aber nicht in trüber Stimmung, denn wir denken stets an Dich und hoffen auf bessere Zeit. So wird es besser sein als in lärmender Gesellschaft.

Tausend Grüße und Küsse
vom liebenden Vater

Diesmal war es eine unnötige Sorge gewesen, denn Karl bekam Urlaub und konnte Weihnachten zu Hause feiern. Im März 1916 geht Karl mit seiner Einheit an die italienische Front zwischen der Hochfläche von Folgaria und dem Gebiet der Sieben Gemeinden. Sie liegen dort in einem aufreibenden Gebirgsstellungskrieg dem Feind gegenüber. Erst im Sommer wird die Einheit abgelöst und geht auf Retablierung* nach Cles, dem Hauptort des italienischsprechenden Nonstales. Hier lernt Karl die schwarzäugige Ida Dal Ri kennen.

Das schöne Mädchen , in das sich Karl Hals über Kopf verliebte, wurde auch von anderen verehrt und umwor-

* Retablierung = Auffüllen der Verluste an Mann und Material und Erholung der Truppe.

ben. Sie war ein offener Charakter, der mit jedermann gerne lachte und scherzte und sich in der allgemeinen Zuneigung sonnte. So wechselten bei Karl himmlische Beglückung über einen warmen Blick oder ein freundliches Wort Idas mit tiefer Niedergeschlagenheit und wilder Eifersucht, wenn er sah, wie Ida auch anderen Männern gegenüber freundlich und nett war. Dabei hatte Karl im Gegensatz zu den meisten seiner Rivalen einen kleinen Vorteil. Durch sein Studienjahr in Trient hatte er seine Italienischkenntnisse so verbessert, daß er fließend ihre Sprache beherrschte. Durch ein paar Ungeschicklichkeiten und gewagte Bemerkungen erzürnte er aber Ida dermaßen, daß sie ihn abwies. Karl litt Höllenqualen. In einem Brief schildert er ihr, was er um ihretwillen leidet und wie leid es ihm tue, wenn er sie gekränkt habe. Den Brief steckte er in seine Tasche und trug ihn mit sich herum. Nach einer Woche traf er sie, und es kam zu einer Auseinandersetzung, bei der ihm Ida so richtig den Kopf wusch. Karl war verzweifelt und wußte nichts mehr zu antworten. Da fiel ihm der Brief ein, und er übergab ihn Ida. Sie las ihn mit gesteigerter Aufmerksamkeit, und als sie ihn fertig gelesen hatte, gab sie ihn Karl zurück. Nun war das Eis gebrochen.
Einige Tage später kommt für die Kaiserjägereinheit Abmarschbefehl. Es geht wieder an die Front. Am 27. Juli abends verließ Karl mit seiner Truppe beim Spiel der Militärkapelle den ihm teuer gewordenen Ort. Die Straßen von Cles waren mit Menschen gesäumt, die von den Soldaten Abschied nahmen. Karl spähte fleißig herum, ob er irgendwo auch Ida sehe, sah sie aber nirgends. Als die Truppe Cles verlassen hatte und schon eine Weile durch offene Felder marschierte, stand sie plötzlich mit ihrer Freundin etwas abseits der Straße. Karl bat um Erlaubnis, kurz die Truppe verlassen zu dürfen, lief dann zu ihr hin, umarmte sie, küßte sie, hielt sie eine Weile umschlungen und genoß sein kurzes Liebesglück. Endlich mußte er sich von ihr losreißen und von den beiden Mädchen Abschied

nehmen. Eine letzte Umarmung, ein letzter Kuß, dann rannte er in langen Sätzen seiner Truppe nach.
Ob sich die Liebenden an diesem Abend das letzte Mal sahen, oder ob sie sich später nochmals trafen, weiß ich nicht. Aus den vielen Briefen, die Ida an Karl schrieb und die immer Bezug auf Post von Karl nehmen, ist kein solches Treffen ersichtlich. Wohl aber sind mehrere Versuche zu einem solchen erwähnt, die aber alle an den Kriegs- und anderen Ereignissen scheiterten. In seinem Kriegstagebuch, dem wir nachstehend einen Abschnitt entnehmen, erwähnt Karl seine Liebe zu Ida nicht. Dieses Kriegstagebuch sollte im Falle seines Todes sein Vater bekommen. Diesen, der ihn ja schon ein paarmal mit seinem „cave mulieres" genervt hatte, wollte er nicht in seine Liebesgeschichte einweihen. Der aufmerksame Leser aber wird zwischen den Zeilen des Kriegstagebuches die Gestalt Idas durchschimmern sehen, die dem von Todesahnungen Gequälten immer wieder neuen Mut gibt. Doch lassen wir ihn selbst zu Wort kommen.

Karls Tagebuch
über die Kämpfe am Pasubio

Bei meinem Ableben zu senden an:
Dr. Josef Raffeiner
Gemeindearzt
Aldein – Branzoll
Südtirol

16. August 1916 Mi   Entlausung in S. Michele
Herr Oberleutnant Stichelberger begegnet uns in einem Wagen mit einem Fäßchen Wein. Ein Bild, das einem herzlich lachen macht. Der Herr Oberleutnant mit breitem, freudestrahlendem Gesicht, angelehnt an das Weinfaß …
Ich möchte gerne den Humor meines Oberleutnant haben.
Glücklicher Mensch.

17. August 1916 Do.
Vorbereitung zur Kaiserfeier. Abends prangte Mezzocorona in feierlichem Festschmucke – vielleicht zum erstenmal seit seinem Bestande anläßlich dieses Festes. Die Häuser sind von bunten Lampions beleuchtet, unsere Musik plagt sich, ein tausendmal gespieltes Stück recht gut herunterzuleiern, unsere Kompanie mit unendlich stinkenden Pechfackeln begleitet die Musik. Da und dort wurde ein Feuerwerk abgebrannt, gespenstische Schatten fallen auf die Wände der Häuser. Schwarze Wolken hängen am Himmel – dumpf grollende Donner – fahles Blitzen – ein Platzregen und Hagelschauer – alles war zerstört. Vielleicht war es so besser. Ich fühlte mich befriedigt. Ich war zum Zerspringen – und dieses Brüten in der unheilschwangeren Luft löste meinen innerlichen Zustand aus.

18. August 1916 Fr.   Kaisers Geburtstag.
Feldmesse.

19. August 1916 Sa.

Abmarsch. Von allen meinen Bekannten, die mir in so kurzer Zeit lieb und teuer geworden sind, nahm ich Abschied. Fahrt nach Calliano.

Ich machte mich für kurze Zeit frei und suchte Peppi im Besenello auf.

Bald war unser Gespräch im Gang. Wir legten uns auf die Betten und erzählten und erzählten, frischten Erinnerungen auf aus unserer armseligen Jugendzeit, aus der noch traurigeren Militärzeit, dann aus schönen Stunden – heiteren Sonnenscheines – bald war es sieben Uhr. Ich mußte zurück. Peppi fuhr mich in seinem Wagen zurück. Ein kurzer, männlicher Abschied. Auf wie lange etwa?

20. August 1916 So.

6.30 Uhr früh Abmarsch von Calliano vorbei am schönen Castello Beseno, das wie eine Königin weithin das Etschtal beherrscht, an steilen Weinhängen vorbei. Dann führte uns ein Weg über eine herrliche Schlucht. Hoch droben waren die Seile einer Schwebebahn gespannt – ein Kunstwerk der Technik. Bald waren wir in Mezzamonte di sotto und Mezzamonte di sopra. Um 11.30 Uhr hatten wir unser Ziel erreicht. Wir konnten abhängen und ausruhen – und ich legte mich in die Sonne und ruhte so wohlig und wonnig.

21. August 1916 Mo.

7.30 Uhr früh Aufbruch. Marsch über Folgaria – Mezzaselva nach Serrada. Die herrlichste der Aussichten bot sich uns dar: drüben der Bondone, der Cornicello, Palon – dahinter die gewaltigen Felsenriesen der Brentagruppe mit der Cima tosa und der vielgenannten Guglia di Brenta (Torre di Brenta) – und dahinter im schneeweißen Kleide der allgewaltige Carè alto im Adamellogebiete. Wie ein bräutlicher Schleier floß der Laresgletscher um seine Riesenglieder. Weiter gegen Norden erblickte man die liebe Paganella – von Mezzocorona aus erschien sie beinahe greifbar – und ganz

droben im bläulichen Dunst gehüllt die Ötztalerferner. Bald waren wir in Serrada (9.30 Uhr). Abhängen und rasten. Rasch richtete ich mich im verlassenen Dorfe in einem kleinen Häuschen wohnlich ein und sofort stürmte ich auf den Paß hinauf – Welche Aussicht! Das ganze Terragnolo Tal zu Füßen mit den malerischen Dörfern Piazza und Pùecheri. Drüben gerade mir gegenüber der heißumstrittene Monte Corona und Col santo. Links davon unser Ziel, der Monte Pasubio, noch weiter links die Maronia – einen ganzen Winter hatte ich dort schon ausgehalten – rechts von Monte Corona di Zugna torta, beide Schauplätze heißer Kämpfe. Uns zu Füßen unsere frühere Hauptstellung vor der Maioffensive. Wieviel Menschenblut hat etwa die Eroberung dieser Berge gekostet? Unsägliche Mühen und Anstrengungen.
Nachmittag machte ich mit Schlenk einen kleinen Spaziergang. Wir gingen immer weiter und weiter, schließlich waren wir im Werke Serrada. Gegenüber lag der Sommo alto, Ost- und Westplaùt, die Pioverna, die Maronia, zum Teil der Coston. Der Piovernahang war deutlich sichtbar. Dort stand ich zum erstenmale vor dem Feinde – und wie ich so hinblickte auf die altbekannte Gegend, auf die Hochfläche von Folgaria und Lavarone, da stieg wieder die Erinnerung an jene unglückselige trübe Zeit in mir auf. War es recht, Soldaten, die im Felde standen, auf solche Weise zu behandeln? – Vergessen. Abends erhielt ich einen Brief von Peppi.

22\. *August 1916 Di.*
Abmarsch des Battaglions nach Piazza Geroli. Ich mußte mit meinem Zug reinigen, konnte also erst später abmarschieren. Trotzdem war ich eine halbe Stunde vor dem Battaglion in Geroli. Dort selbst Rast bis gegen Abend. Sodann Aufbruch und Marsch auf die Malga Sorta. Nimmer wollte der steile Weg enden. Endlich bei Anbruch der Dunkelheit erreichten wir unser Ziel. Nächtigung in Zelten auf der Malga Sorta.

23. August 1916 Mi.

Vormittag Rast. Machte einen kleinen Spaziergang auf die Costa bella. Deutlich konnte man die Spuren früherer heftiger Kämpfe am zerrissenen Terrain ablesen. Wieviel Menschenblut wird da geflossen sein! Verstreute Briefschaften, Legitimationsheftchen der italienischen Armee, italienische Tornister etc. lagen in Mengen zerstreut herum. Da und dort konnte man noch die Spuren eines regelrechten Schützengrabens verfolgen. Dazwischen wieder ein Heldengrab. Abends Aufbruch. Marsch auf die Malga Bisorte. Dortselbst Nächtigung in Zelten. – Deutlich macht sich das Bedürfnis nach Aussprache mit den Meinen in mir bemerkbar.

Hier sind 7 Zeilen so durchgestrichen, daß man nichts lesen kann.

Wann? wo? –

Oft und oft richtet sich etwas vor meinem Geiste auf, etwas wie ein grausames Gespenst mit hageren entfleischten Fingern, gelben Krallen – die Augen brennen in den Höhlen – Ist es die Furcht vor dem Tode? Ein ungewisses Ahnen belastet meine Seele – etwas Unbegreifliches liegt in der Luft – es drückt wie eine unendliche Last – und alles erzählt mir, daß ich nicht mehr zurückkommen werde – und jetzt habe ich mein Todesurteil geschrieben – ungefähr so ist das Gefühl, das mich jetzt durchzieht – und Ruhe ist in mein Herz eingezogen. Ich glaube auch mit dem fertig geworden zu sein.

24. August 1916 Do.

Unser Regimentskommandeur ist nicht mehr Oberleutnant Fössl, sondern Oberst von Particka vom Eisenbahnregiment!? Heil und Sieg. – Das wird gut werden. Heute fällt mir das schöne Wort ein, das Beethoven über Bach sagte: „Seine Musik klingt, als ob Gott mit sich selber spräche.“

Vormittag Feldmesse und Generalabsolution. Nach der Feldmesse betete der Kaplan zu Gott für die Truppe,

segnete sie und spendete die Generalabsolution. Wie ich den Kaplan die Worte sprechen hörte, überkam mich die Erinnerung an die Zeit, in der ich noch in tiefgläubiger Weise diese sprach, in der auch ich noch Trost und Erleichterung fand – war ich damals nicht zufrieden und glücklich? Und jetzt? Jetzt ist an Stelle jener Zufriedenheit und jenes Glückes eine große Traurigkeit und Öde eingezogen. Oft und oft überkommt mich dann jenes unfaßbare Sehnen und Bangen, das niemals befriedigt werden kann, und dann kommt wieder der Gedanke, was dann sein wird, wenn mein physisches Leben aufgehört haben wird – was ist dann mit der Psyche? Wird sie noch weiterhin fortleben? – Doch nicht lange währt dieses Grübeln, ganz andere Gedanken durchziehen wieder mein Gehirn und bilden einen Vorhang vor jener geheimnisvollen Szenerie. –
Nachmittag kam der Regimentsadjutant und teilte unser Battaglion auf die einzelnen Kompagnien des Regimentes auf. Ich wurde von meinen Leuten total losgerissen; der eine marschierte da-, der andere dorthin; ich ganz allein zur fünften Kompagnie. Mir war's, als ob mir mein Herz Stück für Stück herausgerissen würde. Mir war ordentlich traurig ums Herz, wie ich mein Häuflein vom Winde zerstreut sah; ich hatte sie alle so lieb gewonnen. Doch da hilft kein Klagen und Jammern. Gerade wenn man es irgendwo recht schön hat, kommt man weg, – „Schicksal"; es ist besser, man denkt wie die Mohammedaner. Abends Marsch über einen steilen Gebirgspfad hinauf zum Pasubio. Nebel zogen vom Tale herauf und umhüllten die skelettartigen Glieder des Pasubio mit ihrem gespenstischen Schleier. Immer dichter und dichter schlossen sich die Nebel; bald rieselte ein leiser Regen herunter – ein, zwei Stunden lang. Total durchnäßt waren wir, als wir in der Stellung ankamen. Etwas kühle und unfreundliche Begrüßung durch den Kompagniekommandanten. Wir schlugen Zelte auf dem nassen Boden

auf, legten uns hinein und versuchten zu schlafen. – Lauter unbekannte Leute waren um mir herum: Wiener aus der niedersten gesellschaftlichen Stufe. Spät während der Nacht hörte ich noch, wie draußen ein Verwundeter vorbeigetragen wurde. (Schenkelschuß)

25. August 1916 Fr.

Ziemlich spät erhob ich mich und machte mich mit den Leuten des 4. Zuges bekannt, (dem ich zugeteilt bin). Um 10 Uhr vormittag begannen die Italiener ein rasendes Artilleriefeuer gegen uns zu richten. Über Mittag kleine Feuerpause. Nachmittag das gleiche Artilleriefeuer und zwar von drei Seiten.– Die Offiziere schützten sich in der Kaverne.– Langweilig, furchtbar langweilig: es sind ja nur die ersten Tage so, das werde ich wohl überwinden –

Hier sind im Tagebuch anderthalb Seiten durchgestrichen.

26. August 1916 Sa.

Vormittag starkes Artilleriefeuer, nachmittag das reinste Trommelfeuer. Ich arbeitete wenig, las etwas und faulenzte soviel als möglich. Abends redete ich mit meinen Leuten über dieses und jenes, über traurige Ereignisse während des Krieges. – Imfeld besuchte mich, – ich begleitete ihn ein Stück Wegs gegen das erste Battaglion. Dort hörte ich einen Vortrag über Benützung von Gasmasken und Sauerstoffapparaten. Eigentlich ist der Imfeld ein lieber Kerl. Ich glaube, er allein ahnt, was in mir vorgeht. Darum besucht er mich; er weiß, daß mich sein Wesen aufheitert. – Später rannte ein Jäger im vollsten Laufe an meinem Zelte vorüber. Ich ahnte schon, daß sich etwas ereignet haben mußte. Ich ging hinunter zur Feldwache 2; 15 Schritte außerhalb der Deckung lag er, der Unterjäger Dagu, scheinbar schwer verwundet. Viel zu viel Verwegenheit brach ihm das Genick. Warum beim hellichten Tage zur vorgeschobenen Feldwache hinauslaufen, um den Leuten die Fassung zu bringen? Endlich kam die Sanität. Doch wir konnten Dagu nicht bergen. Die Italiener schossen wie wahnsinnig auf die Stelle, wo sie den Mann fallen gesehen hatten. Man konnte nicht einmal wagen, den Kopf über die Dekkung hinauszustrecken, so zischten und surrten die italienischen Kugeln herüber. Endlich kam die ersehnte Dunkelheit, und die Sanitäter konnten den armen Kerl hereinholen. Sie brachten ihn herein. Sein Gesicht blutüberströmt, seine Hände eiskalt; er war bereits tot. Ein Schuß durch die Schläfen hatte ihm ein leichtes Ende bereitet. – R.I.P.

27. August 1916 So.

Hurra Sonntag. Rasttag für die Mannschaft. Wasser wurde geholt; man konnte sich endlich einmal waschen. Wie wonnig und wohlig war das Gefühl, endlich den mehrtägigen Schmutz von Gesicht und Händen entfernt zu haben. Aber kalt war's; wir sind ja auf einer Höhe von ca. 2100 m. Ein Exemplar der „Münchener Fliegenden" vertrieb mir für einige Stunden die Zeit. – Artillerie nicht besonders, aber die Treffer. Hätten nur wir diese Artillerie, dann würden wir bald den Pasubio in unseren Händen haben. Abends traf die Mannschaft der 3./XXII. M.K. (3. Kompagnie des 22. Marschbattaglions) hier ein. Möge es Euch ergehen wie uns bis jetzt. – Heute bin ich nicht fähig zu denken; gut so; Gedanken machen das Leben schwer. Abends ging ich mit dem Stabsjäger zu den Feldwachen hinaus; wir visitierten jede Feldwache, jeden Posten. Tief drunten in den Tälern und auf niederer liegenden Bergrücken spielten Scheinwerfer und streckten ihre hellen Lichtstreifen wie Fühler suchend herum. Die Italiener schossen wie immer ihr Angstfeuer. Da und dort blitzte eine Leuchtrakete auf, die das unmittelbare Terrain vor uns auf Sekunden erhellte und dann sank sie erlöschend. Versank sie hinter einem Hügel, so konnte man auf Quote 2144 und auf unserer Stellung den dunklen Schatten hinauflaufen sehen. Gegen die Feldwache 2 hatten die Italiener die

Gewehre so eingespannt, daß jede Kugel zwei Spannen über unserer Kopfdeckung vorbeifuhr. Wie das zischte und winselte.

28. *August 1916 Mo.*

Früh erhob ich mich und stieg mit zwei Schwärmen meines Zuges zu Tale, auf jenem Wege, auf dem wir seinerzeit mühsam heraufgestiegen waren. Die Mannschaft ging Stangen abhauen für unsere Unterstände. Ich besuchte Bekannte beim 3. Battaglion. Sah meinen früheren Diener aus Cles, meinen lieben, treuen Steindl. Um 1 Uhr machten wir uns auf den Heimweg. Auf dem halben Wege kamen wir zu einem Wassertümpel; bald waren die Kleider vom Leibe, und jeder tummelte sich im frischen Wasser. Freilich verloren wir dadurch eine Stunde Zeit. Doch es sollte unser Glück sein. Als wir in unserer Stellung ankamen, sahen wir noch die Spuren der Verwüstung, die eine Granate angerichtet hat, die eine Viertelstunde vor unserem Eintreffen eingeschlagen hatte. Es war ein Volltreffer in einem 6er Zelte. Vier Zeltblätter, die Decken und Rüstungen, die darin waren, waren total zerfetzt. Wären wir normal eingetroffen, wären die Jäger in die Zelte gekrochen und hätten geschlafen – was hätte das für Folgen gehabt? – So hat es nur einen schwer verwundet. Der arme Schindler lag in einer Kaverne. Seine Arme und Beine waren ganz zerrissen, leichtere Rißwunden am Halse und im Gesichte – der ganze Körper war blutüberströmt, Staub und Ruß bedeckten seine Wunden. Wären wir früher eingetroffen, was wäre auch mir geworden? Mein Zelt steht 5 m neben dem Granattrichter. Gott sei Dank, ich war nicht zu Hause. Das Schicksal scheint mir gut gesinnt zu sein. Hoffen wir also von der Zukunft das Beste. – Starke Infanterieschießerei. Alarm. „Viel Lärm um nichts!“

29. *August 1916 Di.*

Nachmittag wahnsinniges Artilleriefeuer der Italiener. Man hat nicht einmal soviel Ruhe, sich einen Kaffee zu kochen. – Ob es hier nicht gleich gehen wird wie vor mehr als einem Monat auf der Priafora? Von drei Seiten von der Artillerie unter Kreuzfeuer genommen. Wenn ich mir so die Leute ansehe, so empfinde ich immer folgendes: jeder weiß, daß wir verloren sein werden, wenn der Italiener ein Trommelfeuer eröffnet. Von heute auf morgen ist unser Leben. Und trotzdem zeigt jeder soviel Kaltblütigkeit als möglich; keiner ist ängstlich, keiner zagt; es ist wohl ein eigentümliches Gefühl, so lange warten zu müssen, bis einen ein Sprengstück oder eine Kugel ins Jenseits oder – ins Hinterland befördert. Ich für meine Person denke darüber gar nichts, sonst müßte ich wahnsinnig werden; aber ebenso jeder andere. Du weißt ja, greift der Italiener heute nach gehöriger Artillerievorbereitung an, so sind wir entweder alle tot oder gefangen. Etwas anderes gibt es nicht. –

30. August 1916 Mi.

Machte ich einen Ausreißer zum 1. Battaglion, zur 4., 1. und 3. Kompagnie. Überall herum fand ich einige meiner früheren Jäger (Linon, Zagler, Waringer, Edelmüller). Bei der dritten Kompagnie besuchte ich Imfeld und Oberleutnant Dr. Stichelberger. Kurz und Dr. Mayr waren auch drüben. Das erste Battaglion hat's bedeutend schöner als wir. Unterstände, ziemlich ausgebaute Stellungen u.s.w. Besonders angenehm wird es dadurch, daß die feindliche Artillerie nicht hinschießt. Abends und während der Nacht ging ein furchtbares Gewitter nieder. Total durchnäßt lag ich in meinem Zelte, konnte nicht schlafen.

31. August 1916 Do.

Früh auf. Müde und abgeschlagen. Das eine Gute bringt ein Gewitter mit sich, daß es die feindliche Artillerie verstummen läßt. – Jetzt könnte schon bald eine Nachricht von Papa eintreffen. Ich kann es gar nicht schildern, wie sehr unangenehm es für mich ist, wenn ich längere Zeit von daheim keine Nachricht erhalte.

Die Mutter.

1) Er hat getollt den ganzen Tag
Mein Bub' – bis er zu Bette lag;
Dann bat er leise und verzagt:
„Du hast mir ja nicht gute Nacht gesagt."

2) So blieb es später auch genau;
Wohl stürmten Tage sorgengrau,
Doch jeder Kummer war verjagt,
Wenn ihm die Mutter gute Nacht gesagt.

3) Jetzt kam ein Brief von fremder Hand.
Mein Sohn entschlief im Feindesland.
Hab' nicht geweint – hab' nicht geklagt.
Nur hätt'ich ihm gern „gute Nacht" gesagt.
Krampus.

Wunderbare Fernsicht: gerade vor uns der Monte Majo, die Sieben Gemeinden, Campomolon, Priafora und dann die Ebene und weit draußen das Meer, die Lagunen. Gegen Norden die Ötztaler, gegen Westen Adamello. – Roter Abendhimmel, friedlich und schön wie ein geschmückter Dom. Jedes kleinste Wölklein glänzte in seinem Schmucke, zwar nur von der Sonne geborgt. Allmählich erlosch ein Lichtlein nach dem anderen, es ward dunkel, nur am äußersten Horizonte war ein dunkelroter Strich sichtbar – auch der erlosch und es ward ruhig und stille. Da plötzlich begann es zu knattern und krachen, furchtbare Salven ertönten, ein schauerliches Echo in den Schründen des Pasubio und Majo hervorrufend. Das erste Battaglion machte einen Feuerüberfall auf die italienischen Feldwachen. Und dann trat wieder Ruhe ein. Es war eine helle, sternklare Nacht – aber kalt, bärenkalt. Ich konnte beinahe die ganze Nacht schlafen.

1. September 1916 Fr.

Halb erfroren und verschlafen kroch ich aus meinem Zelte heraus. Beine und Arme waren starr und steif und schmerzten. Mühsam brachte ich meine Lebensgeister wieder in Ordnung, und dann starrte ich hinaus in den werdenden Morgen, der heute so herrlich anbrach. Tiefe, tiefe Himmelsbläue, am Horizonte weiße, silberweiße Wolken wie Lämmer – die liebe Sonne gab mir den Morgenkuß – alles das brachte wieder Leben in mich. Österreichische und italienische Flieger stiegen auf, kreisten in der Höhe – majestätisch. Sie wurden beschossen. Bald schaute das Firmament aus wie mit Lämmerwolken bedeckt; Schrapnellwolken waren es. Ungefähr eine Stunde dauerte die Fliegervorstellung. Flieger und Schrapnellwolken verschwanden – die gleiche sonntägige Ruhe herrscht wieder wie früher vor einer Stunde. Die Leute arbeiten an spanischen Reitern; ich sitze auf einem Steine und lasse mich von der Sonne wärmen und freue mich des schönen Tages. Ab und zu wird die feierliche Ruhe unterbrochen durch die Explosion einer Granate oder durch den fernherkommenden Kanonendonner.

2. September 1916 Sa.

Lange und gut geschlafen. Endlich von daheim Nachricht eingetroffen. Abends stieg ich hinauf zum Stützpunkt, Telephon etc. Zu meinen Füßen breitete sich ein ungeheures Meer von Wolken aus – ein Meer ins Unendliche reichend. Von Norden durch das Tal der Filadonna und des Cornetto floß ein Strom von Wolken, der dieses Meer zu speisen schien.

3. September 1916 So.

Starkes Artilleriefeuer! Den ganzen Tag muß man in der Kaverne sitzen. Langweilig über langweilig; das ist einfach zum Wahnsinnigwerden; wenn man sich wenigstens irgendwo hinsetzen könnte und schreiben, aber keine Bank, kein Unterstand sich zu wärmen; immer und ewig das wilde Leben im Zelte.

4. September 1916 Mo.

Das lebhafte Artilleriefeuer trieb uns in die Kaverne. Ich versuchte zu lesen, konnte aber meine Gedanken absolut nicht beisammen halten. Dann versuchte ich zu schreiben. Ebenfalls ohne Erfolg. Ich weiß nicht, welcher böse Dämon sich meiner bemächtigt hat. Meine ganze Willenskraft liegt gelähmt darnieder. – Endlich von Papa eine Nachricht und zwar eine sehr erfreuliche; Papa spart mit lieben Worten, heute aber stand über seinem Namen ***„in Liebe"****.*

5. September 1916 Di.

Über Nacht war ein starkes Gewitter niedergegangen. Die Folgen kann sich jedermann ausmalen; wir lagen geradezu im Kote. Kalt war's, daß einem die Zähne klapperten – Hol's der Teufel; der österreich-ungarische Soldat ist ein armes Tier! Trotzdem es in meinem Zelte erbärmlich aussah, kostete es mich eine große Überwindung aufzustehen. – Markl besuchte mich, ich half ihm einen Brief schreiben. – Wie schon gesagt, mein Wille ist ganz gelähmt. Es liegt etwas wie Schicksalsdruck auf mir, das meinen Willen nie zum Ausdruck kommen läßt.

Es bedurfte eines langen, kräftigen Willensaktes, bis ich mich entschließen konnte, in mein Zelt zu kriechen und das Tagebuch in die Hand zu nehmen. Aber es ist mir doch gelungen, und jetzt sitze ich hier im Halbdunkel meines Zeltes und schreibe – ein nichts sagendes Wort nach dem anderen und im ganzen einen Blödsinn. Oft habe ich schon nachgedacht, warum ich eigentlich ein Tagebuch schreibe. Für andere etwa? Ach, keine Spur! Nur für mich allein. Aber wozu ja den Blödsinn, den ich mache, aufschreiben? Wenn ich später das lese, ärgere ich mich nur. Und trotzdem tue ich es, weil es mir hilft, über die Gegenwart leichter hinweg zu kommen. – Heute habe ich einen solchen immensen Hunger, daß ich mir wirklich nimmer zu helfen weiß.

6. September 1916 Mi.

Regen über Regen; die ganze Nacht schüttete es; und erst die Kälte! Huh. Ich schlief, dann aß ich die wirklich arme Menage und dann schlief ich wieder; dann versuchte ich zu schreiben. Keinen rechten Gedanken kann man haben, so sehr wird man von äußeren Verhältnissen gemartert. Und dazu kommt noch der Hunger; so karg ist die Menage, daß der anspruchsloseste Mensch damit nicht leben kann. – Schrieb ich Papa.

7. September 1916 Do.

Von Alice Waldner, Mezzocorona Nachricht erhalten. Von Hedwig ein Paket! – Endlich scheint sich das Wetter zu bessern. – Trostlose Tage!

10. September 1916 So.

Heftiges Trommelfeuer von halb 10 Uhr vormittag bis 6 Uhr abends. Kein Verwundeter und Toter! Es war ein schrecklicher Tag! Der ganze Berg zitterte. Die Italiener greifen an. Paket von zu Hause.

11. September 1916 Mo.

Schwaches Artilleriefeuer. Augustin und Krückenhäuser verwundet. Endlich Ruhe und Frieden, sodaß man sich ein bißchen ausruhen kann.

12. September 1916 Di.

Paket von daheim. Fade, langweilige Tage. Ekelhaftes Leben. Leutnant Gossmann gefallen.

14. September 1916 Do.

(Impfung!) Abends Dienst auf den Feldwachen. Die ganze Nacht rannte ich herum, von einer Feldwache zur anderen. Um 1 Uhr machte ich mit einem Patrouilleführer und zwei Jägern einen Patrouillegang zur italienischen Feldwachenstellung. Wir schlichen uns ziemlich nahe heran und beobachteten. Auf dem Rückwege wurden wir heftig beschossen. So oft ich an jener Stelle vorbeigehe, an der Unterjäger Dagu gefallen ist, überkommt mich Angst und Grauen. Mir ist beinahe, als ob mich dortselbst mein Schicksal erreichen werde. – Nein, sterben will ich nicht; ich werde

über jene Stelle im Laufschritt hinwegeilen. Gut eingeschossen sind die Italiener. Sobald sie etwas hören, schießen sie, und links und rechts hört man den Aufschlag.

15. September 1916 Fr.

Ruhe und Rast nach arbeitsvoller Nacht. Markl besucht mich; er ist zur kleinen Silbernen eingegeben; er hat sich am 10. dieses Monats ausgezeichnet. Beim ärgsten Trommelfeuer verließ er die Kaverne und arbeitete sich zur Feldwache vor, um einen Schwerverwundeten zu bergen. Es war eine schwere Arbeit, die nicht weniger als 3/4 Stunden höchster Kräfteanspannung erforderte. Und er brachte ihn herein, selbst unversehrt. – Abends mit 6 Mann zur Feldwachstellung, Drahthindernisse ausbessern. Die Arbeit war schwierig und zeitraubend. Dazu schossen noch die Italiener herüber. Mit zerschundenen Händen kehrten wir zurück; die Fetzen meiner Kleidung hingen nur so hinunter; wie wohl mir aber die Arbeit getan hat; der Schlaf darauf im warmen Zelte war geradezu herrlich.

16. September 1916 Sa.

Sonniger Tag, den ich im vollsten Maße ausnützte. Ich entlauste mich, reinigte meine Kleider, ordnete meine Korrespondenz. Und dann begann es wieder zu schießen; alle Stützpunkte oberhalb des Kompagniekommandos gingen in Trümmer. – Neulich bat ich den Kompagniekommandanten um zwei kleine schmale Bretter. „Nein!" Ich hätte mir gerne ein Bett gebaut. „Zuerst müssen wir (die Herren Offiziere) uns einrichten." – Der Offiziersunterstand stand schon in Pracht und Herrlichkeit, gut gedeckt, mit Tischen und Bänken versorgt. Trotzdem erhielt ich nicht ein Brett. Zuerst kommen eben die Offiziere, dann kommt ihre höchste Bequemlichkeit, dann lange nichts und dann erst die Mannschaft. Der 4. Zug ist immer noch in Zelten untergebracht; wir haben zwar vier Mauern, groß genug für den ganzen Zug, aber nichts zum Decken des Da-

ches. Abends brach ich mein Zelt ab und baute eine Bude. In einem Winkel jenes Steingebäudes siedelte ich mich an. Die Zeitblätter wurden als Dach benützt; am Boden legte ich Stangen hin, darauf Alpenrosengesträuch – und die neue Bude war fertig. Während der Nacht heftiges Artilleriefeuer und später Infanterie- und Maschinengewehrfeuer von den Sieben Gemeinden herüber. –

17. September 1916 So.

Kalt war's in der Nacht, aber trotzdem bin ich mit der Bude zufrieden. Ich liege nicht mehr direkt am Erdboden, sondern bin „auf Rosen" gebettet, und das hält bedeutend wärmer. Und erst die Sonne, – kaum hatte sie sich über die Bergspitzen herausgestohlen, schien sie schon in ihrer wärmenden Liebe zu mir herein und sagte mir auf recht mütterliche Weise „Guten Morgen". – Gestern habe ich meinen Ring verloren; ich bin zwar nicht abergläubisch, aber von dem Ring glaubte ich, er sei mein Glück; immer und immer denke ich an den Verlust, und dann überkommt mich wieder die Furcht, jetzt werde ich Pech haben, weil ich den Ring nicht mehr am kleinen Finger habe. – Ach was, Blödsinn; es wird auch so gehen.

18. September 1916 Mo.

Gott sei Dank, der Ring ist wieder gefunden. Bau der neuen Bude. Sie hat zwar noch kein Dach, aber es wird mit der Zeit schon werden. Die 13. Kompagnie kommt links von uns in Stellung. Wille und Zeissberger getroffen. Ich erfuhr, daß Rebeis am 10. Sept. gefallen sei.

19. September 1916 Di.

Kalt war's, huh, aber weich liegt sich's auf meiner Patentdrahtmatratze. Nachmittag besuchte ich Fritz. Raschenberger ist auch dort. – Die Bude wird gedeckt, tadellos eingerichtet. Gerade wollte ich mich hineinverkriechen, da erfuhr ich, daß ich Dienst habe. – Regenwetter. Hol's der Teufel. Um 3 Uhr früh ging ich nach Hause. Eder hält den Dienst weiter.

20. September 1916 Mi.
Ruhe und Rast. Ich bastelte an der neuen Bude herum, baute Stellagen, ordnete und richtete; ganz schöner Zeitvertreib.
21. September 1916 Do.
Schnee. Überall zieht jetzt der Herbst ein, bei uns schon der Winter. Gott sei Dank ist alles unter Dach und Fach. – Arme Feldwachen; die mußten sich einschneien lassen. Ich besuchte Fähnrich Wille. Wir erzählten uns alte Geschichten, vom Piovernahang, Steinbruch etc.. Die Zeit flog nur so dahin. Gegen 7 Uhr nach Hause. Und wie schön und gemütlich es bei mir ist. Sogar ein Ofen ist da; ein lustiges Feuer flackert auf, wohlige Wärme umfängt mich.
22. September 1916 Fr.
An der Bude gearbeitet, neue Stellagen gebaut, geradezu technische Leistungen. – „Satan" von Schirokaner gelesen. Hellichter Blödsinn, glatter Blödsinn. Staboberjäger Eder wird ausziehen.
24. September 1916 So.
Herrlicher Sonnenaufgang. Aurora fuhr auf purpurnem Wagen einher, im Gefolge tausend glänzende und blinkende Wölklein – und dann die strahlende Morgensonne. Der Italiener schießt fleißig Minen. – Das erste Battaglion, das das vierte abgelöst hat, wird sich nicht wenig ärgern über den Stellungswechsel.
26. September 1916 Di.
Endlich Frank zurückgekommen. Abends kam er dahergetorkelt mit einer unendlichen Last: Marmeladen, Milch, Kerzen, Zünder, Senf und weiß der Teufel was alles. Nachmittag begannen wir eine Küche zu bauen beim 2. und 3. Zug. Heil und Sieg! Das kann schön werden. Vom Pasubio eingesehen. Und wenn erst der Rauch emporqualmt – das beste Ziel! Oh, wir haben ja Leute genug!
27. September 1916 Mi.
Friedlich saßen wir in der Bude und plauderten. – Ein Knall – ich hörte nichts mehr – ich sah nur mehr Trüm-

mer und Fetzen herumfliegen. Stellagen, Flaschen, Gläser, Hefte, Zigaretten – alles flog durcheinander. Das Zeltblatt zerriß in vier Teile, das Fenster flog hinaus – heißer, schwarzer Rauch erfüllte den ganzen Raum – draußen wimmerte es. „Sanität" hörte ich rufen. – Zwei lagen tot in ihrem Blute. Die Eingeweide hingen heraus. Überall Blut herumgespritzt, drei Verwundete trugen wir rasch davon – einer starb; er war schwer verletzt. Gedärm und Magen waren ausgetreten. – Gräßlicher Anblick! Blut und Fleischfetzen, blutige und versengte Decken und Mäntel, darunter Tote – rotes, rotes Blut – in Strömen floß es dahin und rauchte – schrecklicher Rauch – Blutdampf –

Wie ich in die Kaverne hinaufkam, weiß ich nicht mehr; lange war ich nicht fähig, mich all des Schrecklichen zu erinnern.

28. September 1916 Do.

Die Bude wieder eingerichtet. Alles ist im alten, nur die rechte Gemütlichkeit will nicht mehr einziehen. Öde und leer scheint mir alles, eine gewisse Ängstlichkeit und Besorgnis lastet auf mir. Nachmittag besuchte ich Wille. Mit ihm dann Malfatti. Beide kamen dann zu mir. – Wille aß meine ganzen Aprikosen auf! – Bezeichnend. Bauern haben doch das größte Feingefühl. Halbstudierte Leute ragen hervor durch Gemütsroheit, Dummheit und Frechheit. Heil! Unsere Offiziere resp. Aspiranten sind vielfach so gebacken.

29. September 1916 Fr.

Regen und Nebel. Gott sei Dank! Wenigstens kann ich mich ohne Sorge in der Bude aufhalten. Sonst ist wohl die ganze Gemütlichkeit fort. Abends starkes Gewitter. Wille besucht.

30. September 1916 Sa.

Regen. Bald aber klärte sich der Himmel auf. – Keiner von uns dreien (Einj. Freiw. Nestor und Rainer) hält es lange in der Bude aus. Setzt man sich hin, so wird man unruhig und nervös. Das Unglück, das gräßliche, von neulich ist uns allen in die Glieder gegangen. Immer und immer wieder denkt man daran: – der Knall – das Geschrei – der Dampf. – Mir ist jegliche Lust zum Schreiben vergangen; ich kann die Gedanken nicht beisammen halten – alles in mir ist flatterhaft, nervös –

1. Oktober 1916 So.

Kirchgang. Wir bekamen zwei 9 cm Minenwerfer. Wohin damit? – In unsere Stellung natürlich! Weil wir zu wenig beschossen werden – Pfui Teufel, das Leben hier ist ekelhaft. Langweile über Langweile. Die Minuten rinnen langsam, bleiern dahin. Minuten sind für mich Stunden, Stunden – Tage. Einsam, ganz verlassen bin ich da in meinem Unterstand, ohne Anschluß, ohne Gesellschaft. – Womit soll ich die Zeit vertreiben? Die Ewigkeit eines Tages will kein Ende nehmen. Lesen? Schreiben? Ich kann es nicht mehr. Sooft ich mich zum Tisch setze und einige Minuten dort verweile, dann kommt es wieder das gruselige Gespenst: die Langweile; dahinter taucht in noch gräßlicherer Gestalt die Furcht auf – mit entfleischten, gierigen Händen greift sie nach mir, zerkratzt mich mit ihren gelben gebogenen Krallen – hinaus – hinaus – aus dieser unheimlichen Höhle – ich kann es nicht mehr aushalten.– Ich sehe kein Schreibpapier, keinen Bleistift mehr; alles ist unklar und verschwommen vor mir; ein unsinniger Gedanke jagt den anderen. Wie wahnsinnig erscheine ich mir selbst. – Endlich, nachdem ich einige Zeit im Freien herumgelaufen bin, kehrt wieder die Ruhe zurück. Aber nur nicht in den Unterstand hinein, sonst kommt es wieder, das scheußliche Gespenst mit den gierigen Fingern – dort drüben sehe ich wieder die zwei armen Kerle, mit verbrannten Gesichtern, blutigen Kleidern, heraushängenden Eingeweiden und daneben die rauchende, schrecklich rauchende Blutlache – der stinkende Dampf der Granate – Vorbei ist's. Alles wieder im alten. Hoffentlich vergesse ich all dieses Schreckliche.

2. Oktober 1916 Mo.

Der Vormittag scheint endlos zu sein. Ich denke nach – worüber? Ich weiß es nicht mehr. Blitzartig huschen meine Gedanken von einem Ereignis oder Gegenstand auf einen anderen. – Ich bin schon ganz verdummt. Nach dem Mittagessen traf von Peppi ein Kistchen mit Eßwaren ein. Gott sei Dank, ich bin ganz ausgehungert. – Abends von Hedwig eine Kiste mit Wäsche und Eßwaren. Hurra, das freut mich. Machte ich mir einen schönen Nachmittag: ich aß, dann schlief ich, dann aß ich wieder, und so ging es in einer schönen Reihenfolge. Ordnete ich die „Freßmaterialien" auf meiner Stellage, richtete alles häuslich ein. „Sehr lieb" würde eine höhere Tochter sagen. Huber auf Besuch.

4. Oktober 1916 Mi.

Herrlich geschlafen! Ursache! Sättigung, Rasttag. Deputation zum Gottesdienst. Ich sonnte mich. Wohlig und wonnig ist es, sich in der wärmenden Sonne ausstrecken zu können. – Fein, fein war's, so herrlich wie lange nicht mehr. Die ganze Natur bester Laune; ebenso wir armseligen Erdengeschöpfe. Jeder zeigte sein sonntäglichstes Gesicht und versuchte es, der Sonne so gut als möglich nachzumachen. Herr Leutnant Skorpill verteilt Karten unter uns Chargen und unter der Mannschaft. Glücklicher Tag. – Abends erfuhr ich, daß wir aus der Bude ausziehen sollten. Ich erkundigte mich dann genauer und erfuhr zu meiner größten Freude – wirklich größten Freude – daß wir noch hier bleiben werden. Abends mit Leutnant Skorpill gesprochen. Er liebt die Mannschaft, die Mannschaft ihn. Ein herrliches, weites Herz, wie man es selten findet. (Eder besucht.)

5. Oktober 1916 Do.

Nebel. Gott sei Dank. Kochte ich Grießschmarren. Regen.

6. Oktober 1916 Fr.

Wille besucht. Fähnrich Seeber dort getroffen.

7. Oktober 1916 Sa.

Sonnenschein, schöner lieblicher Tag. Gewohnte Artilleriebeschießung.

8. Oktober 1916 So.

Herrlicher Oktobertag. Ich sonnte mich und fühlte mich so glücklich und wonnig wie lange nicht mehr. Schöne Herbsttage, wie man sie selten sieht. Die allerwärmste Sonne strahlt auf uns hernieder in unendlicher Pracht. Der Schnee, der vor Wochen den ganzen Komplex des Pasubio und der daran schließenden Berge bedeckt hatte, hat doch noch der Wärme weichen müssen. Gar zu voreilig hatte es der Herr Winter; er wollte uns gar nichts vom schönen Herbst gönnen. Aber anders ist's gekommen. Wir genießen die herrlichsten Herbsttage. Tag für Tag klarer Himmel in tiefster Bläue – eine Klarheit der Luft; die näherliegenden Berge wie die Kote 2144, Priafora, Monte Majo, Cimone, drüber der Col santo etc. scheinen so nahe, wie mit Händen greifbar.

Weit draußen dann in lichte blaue Dünste gehüllt die Berge um Arsiero und Asiago, ganz droben der Monte Palù mit den drei Zacken, die Marmolata, die Ötztaler Ferner, der Ortler, die Adamellogruppe, alle die allgewaltigen Herrscher und Herren unserer Tiroler – Alpenwelt, natürlich im weißen Lockenhaar des ewigen Schnees. Ich saß am Wege zur Kompagniekanzlei, an einer Felsrippe und dehnte und streckte mich in der Sonne. Meine Phantasie träumte von der Zukunft, von der Vergangenheit, von allem Schönen und Guten. Das Buch von Hans Wegener, das ich heute gelesen hatte, wirkte noch in mir nach. Habe ich nicht selbst derlei gedacht? O ja, oft bin ich mir bewußt geworden, wie herrlich, glückspendend und befriedigend die Freundschaft mit einem noch reinen Mädchen ist.

Hier sind drei Seiten im Tagebuch durchgestrichen.

Physisch nicht ganz in Ordnung! Kopfschmerzen.

9. Oktober 1916 Mo.

Schon in aller Frühe eröffneten die Italiener ein ziemlich starkes Trommelfeuer auf unsere Stellungen. Ich lag noch im Bette, halb angezogen. Wie ich da Eile kriegte! Rasch nur vorwärts in die Kaverne. So ganz vergessen kann ich jenen Granatvolltreffer in meiner Bude nicht. Zwar bin ich jetzt bedeutend ruhiger, aber, aber ein bestimmtes „Etwas", das vielleicht gar nicht so unvernünftig ist, vertreibt mich immer aus meinem Unterstand, sobald die feindliche Artillerie eine bestimmte Heftigkeit erreicht hat. Ebenso, wenn es aus der Richtung Priafora und Monte Alba zu zischen anfängt. Das Feuer scheint nicht aufhören zu wollen. Eine Zeitlang zählte ich 90 Granaten (d.h. Explosionen) in 5 Minuten.

2 Uhr nachm. Um 3 Uhr „soll" die feindliche Infanterie angreifen. – Auch gut. – Wir werden auch dann den Mut nicht verlieren und unseren Mann zu stellen wissen. Ich für meine Person will es. – Aber könnte nicht jeden Augenblick eine Granate neben uns einschlagen? – dann bist du fertig! Freilich; so ist's. Ich sehe, oder vielmehr ich glaube, meinem Schicksal ganz ruhig ins Antlitz zu sehen. Freilich kann ich jetzt ruhig sein. Ich sitze ja so todsicher in der Kaverne. Da kann mir ja nichts passieren. – Ach was, auch draußen wird es so sein. Jetzt her mit allen optimistischen Gedanken und Anschauungen; jetzt kann ich sie brauchen, jetzt sind sie am richtigsten angebracht. – Etwas gibt mir eine große Beruhigung, ein gewisses moralisch befriedigendes Gefühl: Wenn du stirbst, stirbst du in Ausübung deiner Pflicht; und – das erhebt mich am meisten – ich habe mein Gewissen in Ordnung. Schweren Kampf hat es gekostet, über das Tierische und Gemeine in mir Herr zu werden; aber gelungen ist es mir; das verleiht mir eine unsägliche Freude und Kraft. Freilich habe ich mein Gewissen in Ordnung gebracht. Zwar nicht durch die Beichte oder so etwas. –

Oft glaubte ich, jeden religiösen, gläubigen Gefühles zu entraten – hatte ich mich getäuscht? Ich lernte in sittlicher Enthaltsamkeit die Schönheit alles Natürlichen kennen und in der Natur Gottes Erhabenheit und Allgewalt, die solches erschaffen haben muß. Wird es nun Gott nicht gefallen, wenn ich in der Betrachtung seiner Natur eine hohe reine Freude empfinde, die mich über alles Gemeine erhaben macht? Ist es nicht wie Reue, wenn ich sittliche Scham über Handlungen empfinde, die ich oft aus rein tierischen Antrieben vollführte; wenn ich mir Selbstvorwürfe mache, über jede feige Tat, über ein Weichen im Kampfe mit der Sinnlichkeit. – Jetzt ist es 3 Uhr, jetzt müssen die Italiener kommen – und sie kamen. Schwarmweise liefen sie am Abhange der Kote 2144 herunter und sammelten sich dort in einer Mulde, gedeckt von einer Felsrippe. Wir versuchten wohl ein Maschinengewehr aufzustellen und die vorgehende Gruppe zu beschießen. Vergebens. Bei einer solchen Stärke des Artilleriefeuers ist es ausgeschlossen, längere Zeit im Graben zu verweilen, ohne mit tödlicher Sicherheit Maschinengewehre und Mannschaft zu verlieren. Der Versuch lehrte uns auch solches. Schlag auf Schlag mittleren und schweren Kalibers donnerte auf unsere Kuppe, der Graben war bereits geebnet, kein Maschinengewehrstand war mehr zu finden. Bereits hatten wir einige Verwundete, deren sich sofort die Sanität annahm, da kam ein Posten gerannt: „die Italiener kommen“. Ein Augenblick tiefsten Stillschweigens – alles sprang auf, umfaßte das Gewehr, überzeugte sich noch, ob genügend Munition im Brotsack sei, und war bereit, hinauszustürzen und mit eherner Faust den Angriff abzuwehren – bis auf den letzten Mann. Schon knatterten die feindlichen Maschinengewehre, Infanteriefeuer rasselte dazwischen, die Artillerie gab dumpfe Salven ab. Wohl jedem klopfte das Herz in seinem Busen in Erwartung der Dinge, die uns bevor-

standen. Die Italiener näherten sich unserer 3. Feldwache – zugleich bombardierten sie diese Stellung aus kleinen Gebirgsgeschützen, – ein Stützpunkt nach dem anderen fiel, zugleich die tapferen Verteidiger derselben – die Italiener hatten die 3. Feldwache besetzt, die Unsrigen klebten wie Fliegen an einer Felsrippe, 30 Schritte von der Feldwachstellung entfernt, und hielten stand. Keinen Schritt wichen sie mehr. Die Hölle schien während dieser Zeit losgelassen zu sein: Schlag auf Schlag, Explosion auf Explosion – der ganze Pasubio war in eine dunkle Wolke von Rauch und Staub gehüllt. Mit Batteriesalven beschossen sie uns, schon seit halb 7 Uhr früh, und jetzt ist es 6 Uhr abends. Wie lange wird das noch andauern? Ich bekomme den Befehl, mit einem Schwarme meines Zuges der vertriebenen Feldwache zu Hilfe zu kommen. „Ausharren bis zum letzten Mann", sagte zum Schluß der Kompagniekommandant. Ja, das wollten wir auch. Wir nahmen noch jeder eine Handgranate und machten uns auf den Weg. Es war kein leichter Gang. Konnte es nicht mein letzter sein? Jawohl, aber es ist meine Pflicht, und mit Freuden will ich sie erfüllen. – Auf den eingesehenen Hängen liefen wir eilends hinunter, einzeln abgefallen, – doch die Italiener hatten uns schon gesehen oder gehört, ein Schrapnell nach dem anderen explodierte über unseren Köpfen – Glücklich kamen wir hinaus. Wie die armen Kerle jubelten, als sie die Hilfe kommen sahen. Sofort verstärkte ich die 3er und 4er Feldwache mit 4 Mann, verdichtete und verlängerte die Schwarmlinie, die die beiden um 20 – 30 Schritte zurückgezogenen Feldwachen bildeten. Und sofort hinaus zur 1er und 2er Feldwache, um sie auch mit je 2 Mann zu verstärken.

Ich versuchte den Leuten Mut zuzusprechen und ihnen die Lage nicht so ernst und gefährlich, wie sie wirklich war, vorzustellen. Und es half. Über die bleichen abgespannten Gesichter – 24 Stunden waren sie schon

draußen – leuchtete es, wie ein Lächeln. Ich wußte, sie werden standhalten. Die eingedrungenen Italiener warfen noch Handgranaten herüber und schossen wie Wahnsinnige. – Doch bald verstummte das Feuer; einzelne Schüsse nur mehr, dann lange Zeit lautlose Stille. Von der 2er Feldwache aus behauptete ein Posten, gesehen zu haben, daß sich die Italiener einzeln zurückziehen. Die Verstärkung lag ihnen wohl im Magen? Gut ist's; nur so weiter. Gegen 9 Uhr kam Leutnant Schubert mit einem Zuge, uns abzulösen. Gott sei Dank! Doch zuvor noch eine kleine Aufgabe: eine Patrouille in die vom Feinde eroberte Feldwachstellung. Ist kein Feind mehr drinnen, gut, so werden wir einziehen, sind sie noch drinnen, dann werden wir stürmen. Gelassen nahmen wir den Befehl hin. Doch der Sturm sollte uns erspart bleiben. Die Patrouille meldete: Stellung vom Feinde frei. Alle atmeten auf, jedes Auge blitzte heller; einer sah den anderen mit einem sonderbaren Blick an, jeder fühlte sich verstanden. Waren wir nicht dem Tode entronnen? Mag sein; wenn schon, denn schon. Alles liegt in Gottes Hand.
Und wir wurden abgelöst. Endlich konnte ich mich über alles genau erkundigen. Kadettaspirant Bernhard lag tot vor der Kaverne; er war auch mit dem 22. Marschbattaglion gekommen; noch einer lag tot in der großen Mulde. Der kleine, lustige Biedermann mit dem stets lachenden Gesichte war verwundet; er trug einen Kopfverband – früher hatte ich es gar nicht bemerkt – aber trotzdem lachte er, und zwar mit vollem Gesichte. Ja, der Brave hat eben seine Pflicht erfüllt und freut sich deshalb. Zusammen waren 2 Tote und 6 Verwundete. Stramm haben sich alle gehalten, ohne viele Verluste zu haben. –
10 Uhr abends. Als alle meine Leute abgelöst waren, trat ich mit ihnen den Rückweg an. Unversehrt gelangten wir wieder zur Kaverne. Ich konnte melden, meine Aufgabe ohne Verlust ausgeführt zu haben.

Froh war ich wieder, als ich in meiner Bude im Bette lag, um mich auszuruhen. Zuerst wurde noch rasch die Fassung an die Schwarmkommandanten verteilt, und dann kam endlich die Ruhe. Doch kaum war ich eingeschlafen, ging schon wieder das Artilleriefeuer los. Ich nahm meine Siebensachen zusammen und verzog mich in die Kaverne. Alles strömte dorthin; halb liegend, halb sitzend versuchten wir zu schlafen. Freilich war's kein gesunder, kräftigender Schlaf; oft wurde man von der Artillerie geweckt, dann war wieder Infanterie – und Maschinengewehrfeuer, so heftig, daß man nicht schlafen konnte. Schwere Träume überkamen mich; die ganzen Erlebnisse des Tages zogen an mir vorüber, gemischt mit Erinnerungen an Papa und meine schöne Jugendzeit.

10. Oktober 1916 Di.

In aller Herrgottsfrühe schoß schon die feindliche Artillerie. Dazwischen Infanterie – und Maschinengewehrfeuer.

8 Uhr. Intensives Trommelfeuer.

9 Uhr. Feuerverlegung auf die Malga Cosmagon. Gegenangriff auf Cosmagon. Ein Battaglion Bosniaken soll als Verstärkung kommen. Gott sei Dank. Von der Pasubioplatte spazieren die Italiener einzeln abgefallen herunter und verschieben sich nach links.

1/2 11 Uhr. Rückverlegung des Artilleriefeuers auf unsere Sektionen.

11 – 1 Uhr. Steigerung des Trommelfeuers bis zum höchsten Grade, besonders um 12 Uhr herum.

1 Uhr 20 Min. Die feindliche Artillerie läßt bedeutend nach. Dafür um so stärker auf Cosmagon.

3 Uhr. Meldung, daß in unsere Kanzlei 2 Granatvolltreffer eingeschlagen haben. Ferner, daß der Gegenangriff der Unsrigen auf Cosmagon nichts genützt habe. Die Italiener behaupten immer noch die Stellungen der aus 3 Sektionen vertriebenen 3er Kaiserjäger. Wann werden die Bosniaken kommen? Ununterbro-

chenes Artilleriefeuer am ganzen Pasubioabschnitt bis 10 Uhr abends.
Um 8 Uhr kam Stabsoberjäger Eder und übernahm das Kommando über den 4. Zug. Marsch zu den Feldwachstellungen. Ob wir noch zurückkommen werden? – Ziemlich ruhige Nacht.

11. Oktober 1916 Mi.
Um 3/4 3 Uhr besuchte ich Nestor auf der 1er Feldwache und leistete ihm Gesellschaft. Um 3 Uhr begann die feindliche schwere Artillerie. Von 4 bis 5 Uhr Maschinengewehr- und Infanteriefeuer mit zeitweiligen Pausen.
10 Uhr. Unsere Artillerie schießt auf die Pasubioplatte. (Minen, Granaten und Schrapnells mittleren und großen Kalibers.) Über Mittag und Nachmittag ziemliche Ruhe. Rege Fliegertätigkeit.
3/4 5 Uhr nachmittag. Starkes Minenfeuer. Um 8 Uhr abends kam die Ablösung. Eiligst liefen wir durch die große Mulde zurück. Ich richtete mich in der Kaverne ein. Zuerst Ordnung der Grabenbesetzung und Grabeninspektion – gegen 1 Uhr nachts kam ich endlich zur Ruhe. Während der Nacht kam mein ehemaliger Professor am Gymnasium in Trient Baer (Fähnrich) und Fähnrich Riedl zu unserer Kompanie. Endlich ein Bekannter. Wie mich das freute.

12. Oktober 1916 Do.
Tagsüber hatte ich Ruhe. Schwächeres italienisches Artilleriefeuer. Abends mußte ich den 2. Zug übernehmen, da Leutnant Denk ins Spital abgegangen ist und Fähnrich Riedl sich noch nicht auskennt. – Fähnrich Epp lädt mich ein, bei ihm zu schlafen. Herrlich wie noch nie geschlafen.
Nachtrag: Nachmittag war ein starkes Capronigeschwader am Pasubio und Col Santo.

13. Oktober 1916 Fr.
Beschießung unserer Stellung durch Kavernengeschütze, nur hie und da durch schwere Artillerie.

Abends wieder auf Feldwache. Angenehmster Dienst! Klare, taghelle Nacht. Kein Schuß.

14. Oktober 1916 Sa.

Beinahe den ganzen Tag kein Schuß, nur einige Minen und leichte Granaten. Prachtvoller Herbsttag. Professor Baer photographiert mich und mehrere andere Personen und Dinge. Beiseite geschoben werden ist nicht angenehm; ich bin zum zweiten Mal im Felde, so lange Oberjäger. Ein anderer ganz junger Mann wird bevorzugt. Ist eine Scheißgasse oder eine unangenehme Arbeit, wird sie mir aufgehalst. – Professor Baer sieht, daß es mir weh tut. Darum ist er so freundlich und lieb zu mir. Möge es ihm vergolten werden. Wäre er nicht hier, wäre ich wohl ganz einsam und ohne jeglichen Anschluß. – Ich weiß ja, daß ich zu feinfühlig, ja empfindlich bin; mag sein; aber eine derartig auffällige Hintansetzung merkt jeder. Warum? Ach ja, ich bin aus keiner Familie der Finanzwelt, ich bin an keiner Mittelschule für Aristokraten erzogen worden, ich habe mich selber erzogen! – Doch darauf bin ich stolz. Ich habe doch etwas aus mir gemacht. Was brauche ich Abstammung, Protektion, großes Erbteil? Ich bin ein leistungsfähiges, selbstbewußtes „Ich". Habe mich mit Mühe –

2 Zeilen durchgestrichen

Immer wird man unterbrochen. Übrigens ist es besser; sonst komme ich in eine ganz weinerliche Stimmung. Weg mit dem Geflenn! Heute ist keine Zeit dazu, die Zeiten sind zu ernst. Da muß man seine Kräfte in den Dienst notwendiger Sachen stellen. Abends löste uns Zug Nowak ab. Seit 8. Oktober zum erstenmal in meiner Bude geschlafen.

15. Oktober 1916 So.

Herrlicher Tag. Frei. – Heute ist ja Kirchweihsonntag. Vor Jahren war ich um diese Zeit schwer krank. Typhus war's und noch manches andere schwere Ding. Auch mein Gemütszustand war ganz herabgekommen. Und heute? Ich glaube, es ist besser. Wertherstimmun-

gen kann man nicht brauchen. – Seit einigen Tagen bete ich täglich zwei Ave Maria. Ist's ein Fortschritt, ein Rückschritt, oder ein „zum Kreuz kriechen". Nehmen wir ersteres an. Mit Professor Baer herumspaziert, Stellung betrachtet etc. Ich habe Markls Braut über seinen Gesundheitszustand informiert. Das arme Kind wird schwer daran leiden. Abends erfuhr ich, daß Herr Leutnant Redtenbacher mich zu irgend einer Auszeichnung und zur Beförderung eingegeben habe. Wie soll ich mich dazu verhalten? Ach nein, ich habe bisher meine Pflicht erfüllt, werde auch fernerhin wie früher sein, ohne etwas hinzuzuheucheln. Eine große Freude für mich ist's aber doch; um aufrichtig zu sein, ist eine Auszeichnung für mich wohl das Höchste.
Am 2 April 1915 war's. Ich stand im Musterungssaal. Der Arzt untersuchte mich; nicht lange, dann sagte er: „Schreiben Sie Ihrem Vater nach Hause, daß ich ihm zu einem so kräftigen Sohne gratuliere." Ich hätte laut aufjauchzen können vor Freude. Dann sah mir der Arzt in die Augen und bemerkte sofort den schwarzen Fleck (Ausschnitt) in meiner rechten Iris. „Sie können auf keinen Fall tauglich sein." – Doch ich bat ihn lange und eindringlich, mich doch zu nehmen, und er nahm mich und schrieb „Kriegsfreiwilliger". Waren wir nicht alle so, wir vom Trientner deutschen Gymnasium. Patriotismus, echter, wahrer, war es, der uns klopfenden Herzens zur Assentierung trieb. Und hellichte Freude schaute uns aus den Augen, als wir als „tauglich" entlassen wurden. Wie herrlich wähne ich mich belohnt, wenn eine Tapferkeitsmedaille meine Brust schmückt. (letzter Satz von Karl durchgestrichen, aber leserlich)
Wofür denn? Für die Verstärkung von neulich, die ich scheinbar kaltblütig ausführte? – Vielleicht hätte ich dabei fallen können? Sicherlich auch bei tausend anderen Gelegenheiten. Was war aber mein Erfolg? Daß die Italiener abzogen, als sie meine neue Aufteilung und Stellung

sahen? Wahrscheinlich. Ich hatte aber keinen Verwundeten, keinen Toten; es war kein Handgemenge. Das macht nichts Die Hauptsache ist der Erfolg und der war da: die Italiener räumten die 3er Feldwache und zogen sich zurück. – Kistchen von Hedwig erhalten.

16. Oktober 1916 Mo.

Regen, Nebel, Schnee. Ich schlief, war verschlafen und schlief wieder. Übrigens war ich sehr eifrig mit Kochen beschäftigt. Abends sehr kalt. Trotzdem ging's auf die Feldwache. Eiskalte Nacht.

17. Oktober 1916 Di.

Huh, wie kalt es sein kann. Wie lange brauchte ich, um wieder Leben in meine halberstarrten Glieder zu bringen! Todlangweilig ist der Feldwachdienst. 24 Stunden lang herumsitzen und nichts tun, noch dazu bei dieser Kälte. – Alles ist heute gegen mich so freundlich; wie wohl es mir tut, kann ich gar nicht beschreiben. Wenn es nur immer so bliebe. Gegen 4 Uhr stärkeres Minenfeuer. 9 Uhr Ablösung. Sehr heftiges Artilleriefeuer bis 1/2 8 Uhr abends. Während der Nacht ebenso. Davon hörte ich aber so wenig wie nur etwas. Ich schlief fest, ermüdet vom Dienste. Meine eisigen Glieder tauten wieder auf. (Skorpill sagte zu mir und Nestor, daß wir beide zu einer Tapferkeitsmedaille eingegeben seien.)

18. Oktober 1916 Mi.

Schwaches Trommelfeuer. Maschinengewehrgeknatter. Große Kälte.

19. Oktober 1916 Do.

Heftiges Artilleriefeuer während des ganzen Tages. Abends furchtbarer Kampf am Pasubio. Von uns aus sah man die Leute Handgranaten, Steine werfen, schießen, vorgehen, raufen. – Dazwischen die Artillerie. Da und dort wieder ein Volltreffer in einen mit Menschen gefüllten Graben. – Gräßlich! –

20. Oktober 1916 Fr.

In aller Frühe schon heftiges Artillerie- und Infanteriefeuer. – Wann wird dieser Kampf endlich zu Ende sein?

Wie? Wenn die Italiener den Pasubio nehmen und die Roitestellung durchdrücken, sind wir verloren. Hörten wir vom schlechten Ausgang des Kampfes am Pasubio. Es würde allseits bereits aufgepackt und reisefertig zum Rückzug gemacht. Angst und Bangen mußte ich ausstehen um unsere Sache. Nachmittag kommt endlich die Nachricht, daß der Feind abgeschlagen sei. Gott sei Dank. Heftiger Sturm und Schneefall. Artillerie- und Infanteriefeuer hören auf. Abends Feldwache. Furchtbarer Schneesturm. Beinahe hätten wir uns verirrt.

21. Oktober 1916 Sa.

Schneesturm. Dafür aber lautlose Stille: kein Infanterieschuß, kein Artillerieschuß. Mittags kam die Nachricht, daß unser Regiment abgelöst werde. In zwei Tagen! Hurra. Also zum letzten Male auf der Feldwache. – Und dann schlief ich. – Als ich aufwachte, kam die Schreckensbotschaft: Ablösung vom ersten Battaglion! 5. Kompanie wird Battaglionsreserve beim alten 2. Battaglionskommando! Nach 10 Tagen auf die Platte! – Abends gehe ich früher von der Feldwache zurück, um Werkzeug etc. zur Übergabe zu ordnen.

22. Oktober 1916 So.

Karten gespielt. Nachmittag Ablösung! Wir haben keinen Unterstand, darum blieb ich mit meinem Zug in der Stellung, in der alten Baracke. – Also aus meiner schönen Bude ausziehen! Mit Mühe und Fleiß erbaut! Andere beziehen sie jetzt. Ich habe nichts mehr. Nebel und Sturm.

23. Oktober 1916 Mo.

Herrlicher Tag! Leider. Unser Weg ist zwar vom Feinde eingesehen, und wir müssen doch abmarschieren. – Endlich von Papa eine Nachricht. – Auszug aus meiner lieben, schönen Bude – Einzug beim alten Battaglionskommando. Pichler, Nestor und ich richteten uns notdürftig ein. Ich requirierte Bretter. Pichler baute die Pritschen. Ein schäbiges Loch bleibt's aber doch. Kein Fenster, eine Tür, die mit einem Zeltblatt verhängt werden muß; durchlöchertes Dach, „durchsichtige" Mauern.

24. Oktober 1916 Di.

Tauwetter! Hol's der Teufel. Wenn der Schnee weg geht, geht's mit uns auf die Platte. Herr Leutnant Skorpill schickt uns Knödel und Leberwürste und Kastanien. War ich beim Regimentskommando fassen. Eine Reihe Toter lag dort. Sehr belehrend.

25. Oktober 1916 Mi.

Kaverne gebaut. Ansonsten tat ich nichts als schlafen.– Zahnschmerz.

26. Oktober 1916 Di.

Zum Regimentshilfsplatz, Zahn ziehen lassen. Die Zange konnte nicht gefunden werden. Hörte ich Interessantes vom Mittags- und Abendtisch des Herrn Obersten. – Übermorgen kommen wir auf die Platte! Gedanken – Tausend. Ich kann sie aber nicht niederschreiben. Das Papier geht zu Ende. – Eine unendliche Reihe von Toten sah ich am Friedhofe, Hände, Füße etc. Grausig. Wird das auch unser Schicksal auf der Platte sein? – Seit einer Woche bete ich täglich einige Ave. Das gibt mir Trost und Erleichterung. – Bisher ist noch kein „Höherer" auf der Platte gewesen! Was ist mit dem tapferen Brigadier Ellison, wie es so schön im Generalstabsbericht zu lesen steht? Ich mußte Wegweisetafeln malen. Beinahe wäre ich durch eine Granate umgekommen.

27. Oktober 1916 Fr.

Der Feldkurat kommt, segnet uns und erteilt uns die Generalabsolution. Nachmittag mit Herrn Leutnant Skorpill und Nestor auf die Platte gegangen. – 2 Stunden waren wir dort gefangen, weil die welsche Artillerie schoß und uns so den Rückweg versperrte. – Wie schön hab ich's doch in meinem jetzigen Unterstand. Heute werde ich für lange Zeit das letztemal ausgestreckt liegen. Huh, das Kavernenleben auf der Platte.

28. Oktober 1916 Sa.

Vormittag wurde gepackt, zum letzten Male die Bude kräftig geheizt. Um 2 Uhr zogen wir mit Sack und Pack auf die Platte. Glücklicherweise erhält der 4. Zug die

Kaverne I.A. Stehe uns Gott bei auf diesem schweren Posten! Die Leute in der Kaverne sitzen einer dem anderen gegenüber, die Knie stoßen zusammen. So versucht jeder im Halbschlaf auszuruhen. – Vor-Stellung! Gräßlich! Haufenweise liegen dort die Leichen der Italiener, zum größten Teile gräßlich verstümmelt. Während der Nacht arbeiten unsere Leute an den Laufgräben; bald stoßen sie auf einen Fuß, bald auf eine Hand. Überall verstümmelte Glieder. Munition liegt in Haufen herum. Handgranaten etc. – Die Stellung ist miserabel, nicht im geringsten ausgebaut. Von allen Seiten ist man eingesehen, vom Pasubio, Cosmagon, Kote 2144. Pfui Teufel.

29. Oktober 1916 So.

Schwache Artillerietätigkeit der Italiener. – Bald Nebel, bald Sonnenschein, dann wieder Schnee. Die Fassung dauert bis Mitternacht, dann hatte ich Dienst bis 1 Uhr. Ich spazierte mit Augustin in der Stellung herum. In der Vor-Stellung ist alles voll Tote. Schneefall und Sturm während der Nacht. Major Högen besucht uns. Am Pasubio sind 3 Bohrmaschinen. Keine funktioniert. Auch in unserer Kaverne steht eine und nimmt viel Raum weg, funktioniert aber nicht. Um 1/2 2 Uhr legte ich mich schlafen.

30. Oktober 1916 Mo.

Um 5 Uhr früh Tagwache. Um 1/2 7 Uhr abends Menage. Sonst Arbeit und Arbeit und nichts als Arbeit. Abends wird der Motor der Bohrmaschine in Bewegung gesetzt. Zwei Ohnmächtige, und zweien wurde schlecht. Feldkurat Klotz besucht uns. Schlaf gibt es eigentlich keinen rechten, es ist nur ein Hinduseln. (Major Högen besucht die Stellung.)

31. Oktober 1916 Di.

Herrlicher Tag. Prachtvolle Aussicht. Ich schoß auf eine welsche Arbeiterpartie, die sich dann zerstreute. Einen Toten gefunden bei der Kaverne des dritten Zuges. Fähnrich Baer getroffen. Die ganze Pasubio-Stel-

lung ging ich ab; nachmittag schoß ich auf Italiener, die sich dann zerstreuten. Sehr kalt. Abends mußten wir aus der Kaverne ausziehen – die Maschine bohrte! Zwei wurden wieder ohnmächtig. Ich legte mich in den Maschinengewehr-Unterstand und schlief nach Herzenslust. Oberst Partyka besichtigt die Stellung.

1. November 1916 Mi.

Um 1/2 5 Uhr stand ich auf. Fest und gut habe ich geschlafen, als Hahn im Korbe. – Oberst-Brigadier Ellison besichtigt die Stellung. Schöne Reden folgen!

2. November 1916 Do.

Fad und langweilig. Ich machte Entdeckungsreisen auf der Platte und in der Riegelstellung.

3. November 1916 Fr.

Artillerieoffiziere, Sappeure und aller Teufel kommt. Wir warfen Handgranaten und Blindgänger auf den Cosmagon hinunter.– Todmüde ist alles. Kein Schlaf, keine Ruhe, nur Arbeit.

4. November 1916 Sa.

Mein Namenstag. Auf der Platte! Herr Leutnant Skorpill und Fähnrich Egger sind sehr lieb zu mir. Ein Artillerieleutnant ist hier und ein Sappeurhauptmann. – Unsere Helden werden mit Pickeln ausgegraben, auf die Bahre gelegt und wie Mehlsäcke zusammengeschichtet. Gräßlich verstümmelte Tote liegen herum; ohne Arm, ohne Fuß, ohne Kopf. Handgranaten auf Cosmagon geworfen. Für Leutnant Schober von 1 – 3 Uhr nachts den Dienst übernommen. Abends war wohl alles besoffen – das einzige Mittel, hier einigermaßen vegetieren zu können! – Warum wird die 5. Kompanie nicht abgelöst? Weil sie die einzige ist, auf die man sich verlassen kann? – Geschunden und gearbeitet haben wir, acht Tage lang nicht geschlafen – und von Ablösung ist noch keine Rede.*

---

* Karl Borromäus

5. November 1916 So.

Regen. In der Kaverne geht das Wasser nieder, in Strömen fließt es von der Decke herunter; man kann darin nicht existieren. – Vormittag machte ich Entdeckungsfahrten in die Vor-Stellung. Tote, Tote, nichts als Tote. Grauenhafter Anblick. – Heute abend bezogen wir den neuen Unterstand, den die Pioniere halbwegs erbaut hatten. Wenigstens vor Nässe war man geschützt. – Für Leutnant Schober den Dienst übernommen.

Am 21. November dieses Jahres 1916 starb in Wien der alte Kaiser Franz Josef. Er hatte bis zum letzten Tag an seinem Schreibtisch gesessen, Akten durchgesehen, Bemerkungen eingetragen, Fälle erledigt, bis ihm die Feder aus der fiebernden Hand fiel. 86 Jahre war er im August geworden, und 68 Jahre hat er als Kaiser regiert. Sein Arbeitstag hatte immer um 5 Uhr morgens begonnen und bis 8 Uhr abends gedauert. Er war ein Vorbild der Pflichterfüllung für alle Beamten im Reiche. Seine Völker schauten in Ehrfurcht zu ihm auf, er hatte sie in langen Friedenszeiten zu Wohlstand geführt, er hatte die Kunst gefördert und die Bildung gehoben. Aber sein überzogenes Pflichtbewußtsein, sein Hang, sich um Detailfragen zu kümmern, hatte ihm die Sicht für die Erfordernisse der neuen Zeit verstellt. So hatte er seinen einzigen hochintelligenten Sohn Rudolf von den Staatsgeschäften ferngehalten und damit wohl zu dessen Freitod beigetragen. Er hatte auch nicht auf die vernünftigen Pläne Franz Ferdinands gehört, der das Reich in einen losen Staatenbund mit wenigen zentralen Machtbereichen umwandeln wollte, nach dem Vorbild der Vereinigten Staaten von Amerika. Ein solches Reich könnte auch heute noch durchaus existieren. Österreich hatte gute Aussichten, in geänderter Form weiterzubestehen, es hatte ja den großen Vorteil, daß es nicht durch Kolonien belastet war.

Karl, der Sohn des Bruders Franz Ferdinands, wurde Kaiser. Er war also ein Enkel jenes Carl Ludwigs, von dem weiter oben die Rede war. In ruhigeren Zeiten wäre Karl sicher ein guter Regent geworden, er hatte einen ausgleichenden, zur Friedfertigkeit tendierenden, aufgeschlossenen Charakter. Aber die Last, die auf seine jungen Schultern gelegt wurde, er war noch keine 30 Jahre alt, war zu schwer für ihn. Auch hatte er keine guten Ratgeber und so blieben seine Versuche, den Frieden herbeizuführen, ohne Erfolg. Doch lassen wir wieder Zeugen der Zeit das Wort: diesmal dem Tagebuch Peppis, dem einzelne Abschnitte entnommen sind. Zur Zeit kommandiert Peppi eine Trainkolonne (Wagenkol.), die die Kampfstellungen südlich von Rovereto mit Nachschub versorgen muß.

Auszüge aus Peppis Kriegstagebüchern

Am 21. September 1916 schrieb er ironisch: *„Die Verdeutschung der Ortsnamen macht glänzende Fortschritte: Villa Lagarina heißt jetzt Lagerdorf; Pomarolo wird nächstens Äpfeldorf und Volano Fliegern heißen!“*

9. Dezember 1916 Sa.

Zeitungsnachrichten über den Fall von Bukarest. Unsere hohe Zensur findet aber auch da noch etwas zu zensurieren. Ich fürchte, daß unsere Siege dazu beitragen, dem Zopf der alten Zeit, des alten Österreich, zu neuer Macht zu verhelfen. Strategisch stehen wir auf einem Höhepunkt – Dank dem Generalfeldmarschall Mackensen. Aber mein Glaube, daß wir noch vor einer fürchterlichen Zeit voller Kriegsgreuel stehen, ist immer mehr begründet. Die deutschen Unterseeboote versenken ein feindliches Schiff nach dem anderen. In England ist eine Ministerkrise – wahrscheinlich kommt eine neue Regierung. Zum erstenmal habe ich das Gefühl, daß Englands Weltmacht wirklich bedroht ist. England hat in Deutschland seinen Rivalen gefunden. Es ist derselbe Kampf, der einst zwischen Rom und Karthago war und den England vor einem Jahrhundert mit Frankreich gekämpft hat. Hannibal und Napoleon sind unterlegen. Bis jetzt hat sich in diesem Kriege England nicht bedroht gefühlt – und hat nicht mit seinem ganzen Ernst gekämpft. Das wird erst jetzt kommen und darum sage ich, daß wir noch lange vor keinem Kriegsende stehen, sondern daß der Kampf noch viel fürchterlicher werden wird. (Es ist möglich, daß bald Friede geschlossen wird, aber dann ist dieser Friede bloß ein Waffen- stillstand auf ein paar Jahre.)

14. Dezember 1916 Do.

Friedensnachrichten. Kaiser Karl verkündet, daß er den Frieden angebahnt habe. Nachricht von Karl. Er ist krank am Regimentshilfsplatz.

17. Dezember 1916 So.

In der Offiziersmenage des Batt. 4 stritten wir uns über die Kriegslage. Meine Behauptung, daß es zweifelhaft sei, daß die Ententemächte unser Friedensangebot annehmen werden und daß besonders England **gegen** *einen Frieden eintreten werde, stieß auf argen Widerstand. Und gar erst, als ich behauptete, daß wir nur durch große Zugeständnisse den Frieden erreichen können, sei es daß der Trentino an Italien, Elsaß wieder an Frankreich, Galizien und Polnischpreußen an Polen oder Rußland abgetreten werde, damit Deutschland seine Kolonien zurückerhält, da erst erhob sich ein allgemeines Gelächter. Man wies auf unsere Siege hin und auf die Ermattung der Gegner. Erstere nannte ich nicht entscheidend, die Ermattung der Gegner bestritt ich. Man nannte mich unbegreiflich und Pessimist und erklärte: „daß die Ententemächte mit ausgestreckten Armen unsere Friedensvorschläge annehmen werden – vielleicht ausgenommen England, welches aber nicht allein bleiben könne – und daß wir selbstverständlich Gebiete annektieren werden." Ich bin neugierig –*

18. Dezember 1916 Mo.

Trafen wieder Zeitungen ein. Doch keine offizielle Antwort der Gegner auf unsere Note. In Italien scheint große Friedensstimmung zu herrschen.

3. Jänner 1917 Mi.

Ich war in Nogaredo. Auf A.O.K. Befehl müssen die neuen Namen für italienische Ortschaften, welche von militärischen Kommandos eigenmächtig diesen Ortschaften gegeben wurden, sofort wieder abgestellt werden, und es treten wieder die alten in Kraft. Die italienische einheimi-*

* Armeeoberkommando

sche Bevölkerung ist darüber hocherfreut, wie ich in Nogaredo erfahren habe, und schreibt das der Kaiserin zu, in der sie eine Italienerin verehren und die sie voll Begeisterung in alle Himmel heben.

10. Jänner 1917 Mi.

Kaiser Karl ruft zur Fortsetzung des Krieges auf.

5. Februar 1917 Mo.

Inoffizielle Nachricht vom Abbruch der diplomatischen Beziehungen zwischen Amerika und Deutschland.

Im vergangenen Sommer hat Peppi in Nogaredo die Familie Scrinzi mit den vier Töchtern des Hauses kennengelernt. Beinahe jeden Tag ist er dort und verliebt sich in Maria mit dem Kosenamen Mariotta. Im März wird er zu einer Artillerieeinheit bei Folgaria versetzt. Er schreibt am 8. März 1916.

... Nun bin ich hier, wo vor ca. einem Jahre die Offensive nach Italien eingesetzt hat. Man sieht keine Spuren mehr davon, denn der 2 Mann hohe Schnee hat alles zugedeckt. – Die Zukunft steht wieder als Sphinx vor mir, wie schon so oft in meinem Leben. Nur ist mir ihr Gesicht jetzt rätselhafter denn je.

Den Glauben, daß sie mir Glück bringt, kann ich nicht lassen, er hat seit Jahren so feste Wurzeln in mir geschlagen, so, daß man ihn nicht mehr einreißen kann. Vor 24 Stunden habe ich von meiner Mariotta Scrinzi Abschied genommen. Ich war traurig, als ich fort mußte, aber sie war es noch viel mehr. Ich konnte noch Scherze machen, um sie zum Lachen zu bewegen, aber sie konnte nicht mehr lachen. Ogni bene – e a rivederci hat sie mir gewünscht. Ja, wiedersehen muß ich sie. Ich hab' sie zu lieb gehabt, als daß ich sie so schnell vergessen kann. Ich werde sie nie vergessen, weil ich die schönsten Momente meines Lebens bis zu meinem Tode nicht vergessen werde.*

* Alles Gute – und auf Wiedersehen

Aber ich werde sie liegenlassen, mein süßes, schwarzes, lachendes Mädel, liegenlassen am Wege meines Lebens. Heute ist mir dieser Gedanke schrecklich – herzzerreißend. Aber ich weiß, daß es kommen wird. – Dieser Gedanke treibt mir heute Tränen in die Augen – aber mein Herz wird kalt sein, wenn dieser mein Gedanke in Erfüllung geht.

Gott hat mir ein Herz gegeben, das weich und warm ist und das jedes Lebewesen umarmen möchte. Aber ein Hirn, das so kalt ist, daß das Herz gefriert. Mein Herz ist weich und warm. Habe ich es nicht von meinen Eltern geerbt, von meiner Mutter, die für ihre Kinder gestorben ist, und von meinem Vater, der sein ganzes Leben den Armen und Kranken gewidmet hat, ohne einmal an sich selbst zu denken, so daß er nun selbst ein alter, kranker und armer Mann ist, der uns Kindern zwar statt Geld und Gut einen vielleicht viel größeren Schatz hinterläßt: das ist der Segen von vielen, vielen Armen und Kranken und Sterbenden, die meinen Vater und seine Kinder noch am Totenbette gesegnet haben. Von wem habe ich das Hirn, das berechnende, kalte, feige, mathematische? Von Gott – vom Schicksal. Eine Reaktion in der Familie, die nur geliebt hat! Werde ich so bleiben? Werde ich die Grausamkeiten, dessen mein Hirn fähig ist, ausführen? Oder wird mein Herz stärker sein und mich überwinden? Die Zukunft steht wie eine Sphinx vor mir. Ich habe Angst vor ihr. Aber mein Glauben an mein Glück wankt nicht. Ich bete zu Gott, dem Schicksalslenker, und lege mein Leben in seine weisen Hände.

Um diese Zeit bekam Karl Urlaub und hat sein Gymnasialstudium in Wien mit Ablegung der Maturaprüfung abgeschlossen. Auf der Rückreise kann er sich nicht verkneifen, in Bozen haltzumachen und geradewegs ins Franziskanergymnasium zu gehen. Als P. Anton von Luttna den hünenhaften Kaiserjäger eintreten sah, erbleichte er. Ohne viele Worte hielt Karl dem Erschrocke-

nen das Zeugnis über die glänzend bestandene Maturaprüfung unter die Nase. Kurze Zeit später wurde Karl zum Leutnant ernannt.
Der alte Doktor hatte außer seinem Sprengel auch weiterhin viele Patienten in Deutschnofen. Die Aldeiner Gemeindeväter sahen das und sagten: „Der Doktor hat's streng, er muß wenigstens genug zu essen haben." Und sie sorgten auch dafür. Während Hunger und Not immer größer wurden, war das Doktorhaus besonders mit Fleisch immer gut versorgt.
Am 11. Mai 1917 bekam Peppi den Befehl, in Linz bei einer Ersatzbatterie einzurücken. Seinem Tagebuch entnehmen wir weiter:

23. Mai 1917 Mi.

... Mit Winkler über die Kriegslage gesprochen. Er gehört mit Tenora und Achleitner zu den ersten, die dieselben Anschauungen über die Kriegslage haben wie ich. Winkler glaubt ganz sicher an eine deutsche Revolution, was ich aber nicht für sicher halte. Wenn ich sage die ersten, die die gleiche Ansicht haben wie ich, so nehme ich selbstverständlich Papa aus, der schon 1915 unsere jetzige Lage voraussagte.

1. Juni 1917 Fr.

Mit Leutnant Schwarzgruber auf der Donau nach Aschach einen Ausflug gemacht. Dort ist ein riesiges Gefangenenlager. Wir haben mit dem Wirt dort über die Kriegsgefangenen gesprochen. Er bestätigte mir dasselbe, was ich im Etschtal mit eigenen Augen gesehen habe, daß die serbischen Kriegsgefangenen die ärmsten von allen sind, daß im Winter noch Hunderte vor Hunger und Kälte zugrunde gegangen sind. Die Serben haben kein Mittel zur Revanche – da ihr Staat nicht mehr existiert und sie von uns keine Gefangenen mehr haben. Darum sind sie die Ärmsten. (Übrigens sind auch genug Russen den Hungertod gestorben – in Volano und bei der Fleimstalbahn weiß ich es.) Das ist eine der schrecklichsten Seiten unseres Krieges – aber wer kann jetzt helfen? Sterben doch schon eigene Staatsbürger den Hungertod. Und der Krieg geht weiter, muß weiter gehen und so Abertausende von Menschen zertreten.

Gegen Ende Juli geht Peppi nach Böhmen ab, besucht Prag, besichtigt dort die Kunstwerke der Stadt und rückt am 30. Juli bei seiner neuen Einheit in Josefsstadt ein. Von Josefstadt geht diese Anfang September ab und fährt zur Munitionsfabrik Wöllersdorf bei Wien.

4. September 1917 Di.

Ich beaufsichtige eine Partie von 100 Mann, die zwischen den Egrasitwerken arbeitet. Heute wurde alte Munition entladen. Meine Leute hatten vom Egrasit nur gelbe Hände, aber dort sah ich Arbeiter und Arbeiterinnen, die gelb waren wie Kanarienvögel. Nachmittag war im Munitionswerk „Mittel" eine schwere Explosion, doch weiß ich noch nichts Näheres darüber.

Riga von den Deutschen genommen – gewiß eine freudige Nachricht und eine schöne Eroberung – aber es heißt nur: der Krieg geht weiter. Unsere Mannschaft bekam zum Abendessen: Gurken. Das ist ein mageres Essen für Schwerarbeiter. Ich lese oder habe gerade Reuters „Ut de Franzosentid" zu Ende gelesen. Diese Geschichte handelt auch von Kriegszeiten. Aber man kann daraus ersehen, daß man im Jahre 1812 und 13, nach ca. 20 Jahren Krieg, in Deutschland noch lukullisch gegessen hat. Wenn man das liest und dann in die Gegenwart blickt, sieht man mit Entsetzen den Unterschied, man sieht, was man nicht zu nennen wagt, daß die Hungersnot unser Volk an der Kehle würgt.

29. September 1917 Sa.

Studiert. Unsere Offiziere finden die Mode, Brotkügelchen zu machen, immer noch unerläßlich. Ebenso die Mode, daß man nicht alles Brot aufesse, sondern ein Stückchen liegenlasse. Oder ist das vielleicht nicht Mode? Ich habe es schon beobachtet, seit ich beim Militär bin, daß Leute, die sich vornehm zeigen wollen, im Gasthaus oder in der Offiziersmesse beim Essen immer etwas im Teller zurücklassen – ein Stückchen Fleisch, eine halbe Kartoffel- und ganz gewiß ein Stückchen Brot neben dem Teller. Sie klagen zwar, daß die Portion klein sei; aber von der „Mode" abzulassen, wagt niemand. Heute aß ich an einem fremden Tische – bei vornehmen ungarischen Offizieren. Alle – wenigstens ein Dutzend an der Zahl – kam getreu dieser Mode nach und man schaute mich erschreckt an – als einen homo novus – als ich das nicht tat. Ist das nicht mit dem Brote gepraßt? Denn, daß dieses Brot dann weggeworfen wird, daran besteht kein Zweifel. Und ist es nicht empörend, jetzt mit dem Brote zu prassen? Jetzt, wo Krieg und Hungersnot das Menschengeschlecht zu Boden ringt, wo Leute den Hungertod sterben. Auf den Gassen sieht man nur mehr halbnackte Kinder mit hohlen Wangen und fleischlosen Armen und Beinen. Die kriegsgefangenen Serben haben vor Hunger gebrüllt, hat mir heuer ein Wirt in Aschach a.d. Donau erzählt, aus den Müllgruben haben sie die elendsten Küchenabfälle herausgefressen. Und heuer wird es ihnen nicht besser gehen als im letzten Winter. Und unsere Offiziere machen noch Brotkügelchen und lassen der Mode getreu das Brotopfer für die Mistgrube neben dem Teller liegen. Ich sagte und sage diesen Herren kein Wort. Aber ich schreibe es auf diese Blätter, damit wenn unsere Zeit und wir der Geschichte angehören, es vielleicht eines unserer Kinder liest und die Leute näher betrachten kann, die sich jetzt die Helden einer großen Zeit nennen und es vielleicht auch in Zukunft genannt werden. Klein sind sie, erbärmlich klein, diese Führer des Volkes.

6. November 1917 Di.

(in Bozen auf Urlaub) *Ich wollte wieder mittags Bozen verlassen und heimfahren, aber vormittag traf ich Hedwig und bald darauf Papa. „Hedwig soll operiert werden". Das hat mir zwar Papa schon schriftlich mit-*

geteilt, aber heute bin ich doch sehr erschrocken darüber. (Appendicitis chronica) Beide teilten mir mit, daß Karl vor ein paar Tagen daheim war und dann wieder zu seinem Regimente abgegangen sei. Nachmittag mit Papa bei Hedwig im Spital.*

Die Nacht schlief Papa in meinem Zimmer im zweiten Bette. Ich hatte von Linz eine sehr warme Decke mitgenommen, und diese bettete ich ihm ein. Er war sehr zufrieden darüber.

7. November 1917 Mi.

Hedwig ist heute glücklich operiert worden. Nachmittag fuhr ich mit Papa nach Branzoll. Er ritt und ich ging nach Aldein.

Seid 27. November ist Peppi wieder in Wöllersdorf.

4. Dezember 1917 Di. Telegramm: Karl gefallen.

Ich habe keine Worte, um den Schmerz wiederzugeben, der mich bei dieser Nachricht erfaßte. Karl – mein Bruder – mein einziger über alles geliebter Bruder ist tot, erschossen, ermordet worden.

Als ich das Telegramm las, war's mir, als müsse ich ersticken. Ich konnte es fast nicht glauben, es war mir zu unbegreiflich, zu entsetzlich. Mein einziger Bruder – o – ich habe ihn so sehr geliebt.

Karl. Karl.

Ich betete, daß alles nur ein Traum, ein schrecklicher Traum sein möge. Und doch ist es wahr – ich habe das Telegramm in meinen Händen. Mein Bruder ist nicht mehr. Ich wollte heimfahren. Aber man ließ mich nicht, man sagte, ich brauche eine Einreisebewilligung. Ich bestritt es, aber man glaubte mir nicht. Planlos, einsam in namenlosem Schmerze irrte ich in Wien herum. Einsam und tränenlos verbrachte ich die Nacht.

5. Dezember 1917 Mi.

Ich bekam die Reisedokumente zur Fahrt in meine Heimat. Doch mußte ich bis zum Abend auf den Schnellzug

* Chronische Blinddarmentzündung

warten. Nachmittag traf ich (auf Verabredung) mit Leutnant Schenk zusammen. Er überbrachte mir das Beileid meiner Batteriekameraden, teilte mir mit, daß der Diener meines Bruders in Wöllersdorf angekommen sei und übergab mir einen Brief Hedwigs. Von ihm erfuhr ich auch, daß Karl auf Meletta di Gallio durch einen Kopfschuß gefallen sei. Also das Entsetzliche ist wahr: Karl ist nicht mehr. Mein einziger Bruder, mein bester Freund, der Genosse meines Lebens ist tot.

Wie Zwillinge sind wir miteinander aufgewachsen, wie ein Paar Öchslein sind wir miteinander durchs Leben getrabt. So weit meine Erinnerung zurückreicht in die Vergangenheit, immer sehe ich meinen kleinen Bruder neben mir, den schwarzhaarigen und braunäugigen. Und jetzt ist er tot. Miteinander sind wir durch Volks- und Mittelschule gewandert, miteinander haben wir hundert Streiche aufgeführt. Und haben uns heiß geliebt. So sind wir groß geworden, und erst der Krieg, dieser abscheuliche Krieg, hat uns zum erstenmale und jetzt für immer getrennt. Karl, Karl, jetzt kann ich dich nie mehr umarmen, nie mehr kann ich deine freie, hohe Stirn küssen, die mehr Gedanken in sich geborgen hat als jemals deine Umgebung. Zerschmettert ist sie von einer Kugel, und du bist kalt und tot.

Karl, warum hast du mir dieses Leid angetan, warum bist du gefallen? Ich weiß, du trägst nicht die Schuld daran. Andere tragen sie, und ich weiß auch wer.

Und wenn sie Italien, Frankreich und England niederschlagen und die ganze Welt erobern, was habe ich davon?

Ich will meinen Bruder wieder haben – gebt ihn mir zurück! Und wenn sie mich zum König von Europa machten und mir alle Schätze der Erde brächten, so pfeife ich auf ihre Siege, die sie nur mit dem Blute der Ärmsten erkauft haben – meinen Bruder will ich wieder haben – gebt ihn mir zurück. Meinen einzigen Bruder Karl...

6. *Dezember 1917 Do.*

Der Schnellzug, mit dem ich fuhr, kam mit 2 Stunden Verspätung in Innsbruck an. Ich stieg um und fuhr nach Süden. Um 4 Uhr nachmittags kam ich nach Bozen. Mir war seelisch und physisch so elend zumute, daß ich nicht mehr nach Hause weiterfuhr, sondern ausstieg, um die Nacht in Bozen zu verbringen. Ich besuchte die Überbacher – dort kam auch zufällig Hedwig. Sie fing zu weinen an, als sie mich sah. Ich habe bisher noch nie geweint und weinte auch jetzt noch nicht. Sie teilte mir mit, daß Karl am 22. d. h. in der Nacht vom 22. auf 23. November gefallen und am 24. im Campo Mulctale begraben worden sei.

Also damals, als ich das letztemal von daheim Abschied nahm, wurde mein Bruder begraben. Karl war vorher bereits verwundet (Schuß im Oberschenkel), ging aber nicht auf den Hilfsplatz, sondern kehrte zu seinem Zuge zurück, wo er fiel. Es war eine nebelige Nacht, und sie waren etwa 100 Meter vom Feinde. Karls Diener hat seine Sachen nach Hause gebracht. (am 1. Dezember) – Er trat in die Küche, wo Papa und Hedwig sich befanden und als Hedwig fragte: „Wo ist Karl“, antwortete er: „Gefallen.“

7. *Dezember 1917 Fr.*

Ich erkundigte mich in Gries beim Heeresgruppenkommando, betreffs Überführung Karls, konnte aber nichts Bestimmtes erfahren. Hedwig sagte, daß Papa Karls Leiche nach Petersberg überführen lassen will. Nachmittags verließ ich mit Hedwig Bozen und ging heim.

-

Ich habe Papa noch nie in meinem Leben weinen gesehen. Fremde Leute haben mir erzählt, daß er beim Tode unserer Mutter vor zwanzig Jahren geweint hätte. Ich konnte es mir nie recht vorstellen. Doch als ich heute heim kam, da weinte er wie ein Kind – über den Tisch gebeugt herzzerbrechend. Tränenlos stand ich neben ihm und selbst untröstlich, versuchte ich ihn zu trösten.

Karl, du armer Karl, du hast manchesmal gezweifelt, ob du daheim geliebt würdest. Hättest du an diesem Abend uns gesehen, du würdest nie gezweifelt haben. In unserem Schlafzimmer stehen noch unsere beiden Betten nebeneinander. Hier hatten wir im Mai noch nebeneinander geschlafen. Damals war es auch, daß wir zwischen den Polstern das große Buch: „Promessi sposi" hatten und miteinander jenen Volksaufstand vor dem Bäckerladen lasen. Besonders bei der Ansprache des Capitano an das Volk und bei der Stelle, wo dieser einen Stein auf die Stirne bekam und „canaglia" fluchte, hat Karl hellauf gelacht. Die Erinnerung an diese heitere Stunde zwang mich zum Weinen, und ich weinte lange.*

8. Dezember 1917 Sa.

Ich bemühte mich vor Papa und Hedwig heiter zu sein. Nur wenn ich alleine war, weinte ich immer.

In unserem Schlafzimmer – im Kasten – liegen Karls Effekten, die sein Diener heim gebracht hat. Darunter auch seine Zither, die er immer bei sich hatte. Er hat die letzten Jahre wunderbar Zither gespielt. Als wir im Mai das letzte Mal beisammen waren, hat er Zither und ich Mandoline gespielt. Herrenlos liegt die Zither nun im Kasten – Karl ist tot – niemand spielt mehr auf ihr.

9. Dezember 1917 So.

Mir wird immer schwerer und trauriger zumute. Der Verlust Karls erdrückt mich. Die Tage vergehen, und mit jedem neuen Tage kommt es mir unbegreiflicher und entsetzlicher vor. Ich glaube, daß ich ohne Karl nicht leben kann. Jede Lebensfreude habe ich verloren.

Ich schrieb an meinen Batteriekommandanten und bat um Verlängerung meines Urlaubes bis über die Weihnachtsfeiertage.

---

* Es dürfte in der Nacht vom 18. auf den 19. Mai d. J. gewesen sein, also in der letzten Nacht unseres Beisammenseins, denn am 19. Mai habe ich Karl zum letzten Mal gesehen. (Fußnote im Tagebuch)

11. Dezember 1917 Di.

Ich ging allein nach Petersberg zum Steinmetz. Ich fühlte mich entsetzlich einsam und verlassen. Beim Steinmetz ging ich hinunter in das Wäldchen hinter dem Hause, wo wir – Karl und ich – im Sommer 1914 einen Promenadensteig bauen wollten und auch teilweise gebaut haben. Das war im letzten Sommer vor Kriegsbeginn (1914) unser Lieblingsplätzchen. Als ich im Herbst 1914 einrückte und in den Krieg zog, galt mein letzter Besuch beim Steinmetzhof diesem Plätzchen, und mit dem Gedanken: „Vielleicht werde ich dich wiedersehen, vielleicht nicht“, nahm ich dort Abschied. Auch Karl hat mit diesem Gedanken dort Abschied genommen, als er 1915 in den Krieg ging. So hat er es mir später erzählt. Beide hofften wir fest, daß wir nach dem Kriege wieder dorthin zurückkehren werden. Karl kommt schon nicht mehr.

12. Dezember 1917 Mi.

Papa auf einer ärztlichen Visite (Mört) begleitet. An Papa kam ein Brief von Karls Feldkuraten.

13. Dezember 1917 Do.

Ich ging nach Bozen. Dort besuchte ich die P. Franziskaner d. h. P. Valentin, P. Lorenz und P. Polykarp. Sie waren alle sehr freundlich zu mir. In der Museumstraße traf ich nachher Fräulein Leuprecht. Sie war eine gute Freundin Karls, und in ihrer Begleitung und mit Karl habe ich in den ersten Maitagen dieses Jahres das Bozner Merkantilgebäude besucht. Karl pflegte sie in seiner Korrespondenz „Tantchen“ zu nennen. Sie erzählte mir von Karls letztem Besuch – er hat ihr noch am 22. Nov. d. J. an seinem Sterbetag geschrieben. Sie erzählte mir auch, daß ihr Bruder (Karl Leuprecht) furchtbar geweint hätte, als er den Tod meines Bruders erfuhr. Sie waren gute Freunde – diese zwei armen Karls. Zu dritt saßen wir oft am Calvarienberg in der Höhle Karls, wärmten uns in der Sonne, die tief in die Höhle hineinschien, rauchten, brieten Kasta-

nien und fühlten uns als freie, glückliche Räuber.
Dr. Pater Luttna haßte beide, und es gelang ihm, den absolut nicht unfähigen, sondern begabten Leuprecht zu zwingen, das Gymnasium zu verlassen. Und der Vater Leuprecht drängte dann seinen Sohn Karl zum Eintritt in die österreichische Kriegsmarine. Dort holte sich der Arme ein schweres Lungenleiden. Unser Karl hat ihn oft besucht, ist stundenlang bei ihm gesessen und hat ihn getröstet. – Der eine ist zum Tode verurteilt, der andere hat ihn getröstet und ist nun selbst schon tot. Das ist des Lebens Schicksal. –
Was braucht es zu Karls Überführung? Bei der Pietät erhielt ich Antwort. Ein Gesuch mit der Bitte um Bewilligung zur Überführung ist an die Bezirkshauptmannschaft zu schreiben, die es an das 11. Armeekommando weiterleitet. Das 11. Armeekommando sendet es an Karls Regiment und erkundigt sich über die Möglichkeit der Überführung. Das Gesuch geht vom Regiment wieder zurück an das 11. Armeekommando, wird dort bewilligt (oder auch nicht), geht dann zur Statthalterei und dann zurück zum Absender.

Peppi hatte nur 5 Tage Urlaub bekommen und wartete daher hart auf diese Bewilligung, um die Überführung selbst durchführen zu können. Als die Bewilligung ankam, fehlten noch Passierscheine, um das Kampfgebiet zu betreten. Endlich am 14. Jänner war es soweit: Peppi konnte nach Trient fahren und dort einen doppelten Sarg kaufen. Er übernachtete in Trient in einer Kaserne. Am nächsten Tag fuhr er mit der Bahn nach Primolano, kam dort erst nachmittags an und mußte dort in einem kalten Unterdach übernachten. Am nächsten Tag bekam er ein Fuhrwerk, auf das er den leeren Sarg lud und gegen das Campo Mulotale, wo Karls Grab lag, losfuhr. Immer öfter war die Straße von Granattrichtern aufgerissen. Tags zuvor waren auf dieser Straße zwei Offiziere im Artilleriefeuer umgekommen. In Vallon lieh ihm ein Kommandant zwei Pferde und einen Schlitten, er lud den

Sarg auf den Schlitten und fuhr ins Campo Mulotal hinauf. Von weitem sah Peppi den Friedhof und das hölzerne Kreuz mit der Inschrift 1.T.K.J.R. Lt.* Karl Raffeiner gef. 23.XI.1917. Er konnte, als er am Grabe stand, den Schmerz nicht mehr ertragen und brach in Tränen aus. Nach längerem Herumbetteln halfen ihm zwei Sanitäter, Karl, der in einem Sarg aus rauhen Brettern lag, zu exhumieren. Die Erde war beinhart gefroren. Als man ihn endlich aus dem Sarg genommen hatte, war es Nacht geworden. Sie trugen ihn in eine Kaverne, und beim Schein einer Laterne sah Peppi das vom Schimmel schon stark entstellte Gesicht seines Bruders. Er legte einen schon zwei Tage vorher verfaßten Brief auf seine Brust und gab ihm zum letzten Mal die Hand. Im Schein der Laterne wurde der Sarg verlötet, was zwei Stunden beanspruchte. Dann stellte man den Sarg in eine Ecke der Kaverne. Doch dort durfte er nicht über Nacht bleiben. Ein Arzt gab die Erlaubnis, den Sarg in eine Sanitätsbaracke zu stellen. Am nächsten Tag (17.1.) stand Peppi früh auf, und bei aufgehender Sonne begann Karls letzte Schlittenfahrt. In Vallon wurde auf ein Pferdefuhrwerk umgeladen. In Primolano kam der Sarg in eine hölzerne Kiste, die auf die Bahn verladen und mit dem Ziel Branzoll verschickt wurde. Der Begleitschein dieses Transportes ist noch erhalten. Unbegreiflicherweise ist als Inhalt „Seife" angegeben. Zwei Tage später kam die Nachricht nach Aldein, daß Karls Leiche in Branzoll eingetroffen sei. Man brachte die Kiste in die alte Pfarrkirche von Branzoll, wo die Leiche über Nacht blieb. Am nächsten Tag, als der Hilber von Petersberg mit einem Pferdefuhrwerk kam, um die Leiche nach Petersberg zu überführen, war der Sarg schon aus der Kiste entnommen worden, und die Kiste war weg. Man hatte sie über Nacht gestohlen, weil ein solcher Mangel an Brennholz herrschte. Karl wurde beim Steinmetz aufgebahrt. Das Kloster Weißenstein stellte 6 große Kandelaber und Zierpflanzen bei. Ein Pater betete den Abendrosenkranz vor. Am 22. Jänner

* Erstes Tiroler Kaiserjägerregiment – Leutnant

vormittag wurde Karl am Petersberger Friedhof begraben. An der Trauerfeier nahmen auch zwei Freundinnen Karls aus Bozen teil: Julie Leuprecht und Maria Überbacher. Beim Totenmahl, das in Weißenstein stattfand, erzählte Josef Anton eine Begebenheit aus Karls Kinderzeit. Karl sollte mit den anderen Schulkindern zur Beichte gehen. Das Warten in der Zeile, bis die Reihe an ihn kam, wurde ihm zu lang, und so ging er zwischendurch zum Seitenaltar vor und machte auf der Antrittsstufe einen Handstand. Dann stellte er sich wieder in die Beichtzeile. Als er an die Reihe kam und das Türchen vor dem Beichtgitter öffnete, hielt ihm der Pfarrer, der durch eine Spalte den Handstand beobachtet hatte, eine Strafpredigt und verbot ihm, am nächsten Tag zur Kommunion zu gehen. Abends erzählte der Pfarrer die Sache dem Doktor, und dieser war neugierig, wie sich Karl aus der Affäre ziehen würde. Frühmorgens hörte er in der Küche mit der Wasserkelle klappern, es war Karl. Als er ihn vor dem Gottesdienst fragte, ob er heute zur Kommunion gehe, sagte Karl: „Oh, jetzt fällt mir gerade ein, daß ich heute in der Früh' Wasser getrunken habe. Jetzt kann ich nicht mehr zur Kommunion gehen." Damals galt noch das strenge Nüchternheitsgebot. Josef Anton nahm die Ausrede schmunzelnd zur Kenntnis, und damit war die Sache abgetan.
Nach dem Totenmahl fuhr Josef Anton auf einem Pferdeschlitten zu einem Krankenbesuch nach Deutschnofen. Peppi ging mit Julie und Maria nach Bozen und fuhr dann mit der Bahn nach Wien. Er hatte seinen fünftägigen Urlaub um 50 Tage überzogen und fürchtete sich vor einer Bestrafung. Von Wien fuhr er weiter über Budapest nach Bukarest, wo er am 30. Jänner eintraf. Seine Batterie findet er im Dorfe Chiajna (sprich Chiaschna) 12 km neben Bukarest. In Rumänien verlebte er schöne Tage, dort herrschte noch nicht die Hungersnot wie in Österreich. Um diese selbe Zeit reichte Josef Anton ein Gesuch an den Kaiser Karl ein, daß man seinen einzig ihm verbliebenen Sohn aus dem Kampfgebiet herausnehme und zu weniger gefährlichem Dienst verwende. Am 11. Mai

wurde die Batterie in Chiajna einwaggoniert, und man fuhr gegen Westen. Die Brotrationen wurden immer kleiner. In Rumänien bekam ein Mann pro Tag 400 g, in Ungarn 300 g, in Österreich 250 g. Am 16. Mai fuhr der Zug durch Kärnten, am 18. fuhr er von Franzensfeste gegen Süden. Es ging an die italienische Front. Eine Offensive sollte vorgetragen werden, aber Peppi sieht und spürt, daß nichts mehr richtig funktioniert. Die Pferde sind schwach, weil das Futter fehlt, die Mannschaft hat Hunger, die Offiziere haben den Glauben an einen Sieg verloren, und von oben kommen oft unsinnige und sich widersprechende Befehle. Am 15. Juni 1918 beginnt die Schlacht. Peppi ist mit seiner Batterie in der Nähe des Dorfes Roana im Gebiet der Sieben Gemeinden. Den Österreichern gegenüber liegen englische Truppen. Dieselben schlagen den österreichischen Angriff blutig zurück. Am 17. Juni schoß der Feind mit Gasgranaten, doch richteten dieselben wegen des Regens keine größeren Schäden an. Aber die feindliche Artillerie feuerte Tag und Nacht auf die österreichischen Stellungen. Endlich am 22. Juni gelingt es Peppi nachts die Reste der Batterie durch das total zerschossene Dorf Roana in eine geschütztere Stellung zurückzuholen. Die Offensive war jämmerlich gescheitert. Am 24. Juni bekam er den Marschbefehl zur Ersatzbatterie, die in Sierning in Oberösterreich lag. Er fuhr über Trient nach Bozen und ging am nächsten Tag nach Aldein. Ab 2. Juli ist er in Sierning, wo er ein Materialdepot und eine Menge Pferde überwachen muß, die an Bauern ausgeliehen waren. Am 2. September bekommt er Befehl, nach Linz einzurücken. Dort liegt der Erlaß des Kriegsministeriums, daß er nur noch mit ausdrücklicher Erlaubnis des Kriegsministers ins Feld geschickt werden darf. Also war, wenn auch spät, Josef Antons Majestätsgesuch positiv erledigt worden.
Aber bei Josef Anton, der, wie es Karl und Hedwig schien, immer den Peppi bevorzugte, war ein sonderbarer Wandel eingetreten. Seine Liebe hatte sich nun seinem toten Sohn

zugewendet. Peppi bekam Urlaub. Am 18. September 1918 schrieb er ins Tagebuch:

... Daheim schaut es traurig aus. Hedwig hat Arbeit über Arbeit und ist nicht imstande, alles zu machen. Marie ist nicht bei uns, sie ist in Deutschnofen bei ihrer Mutter. Im Hause wird es immer ungemütlicher. Wie oft hat Karl über die Unordnung geklagt, aber es wird immer schlechter.

Und am 20. September: Vormittags ordnete ich meine Bücher. Jetzt sitze ich beim Göller See und klage. Man ist daheim unfreundlich mit mir. Mit Karl war man es auch, als er das letztemal daheim war. Erst als seine Todesnachricht gekommen war, erinnerten sie sich in verzweifeltem Schmerze, daß sie nicht freundlich mit ihm waren. Wir entfremden uns immer mehr, je länger ich von daheim fort bin. Stolz und barsch sind alle Antworten, die ich daheim bekomme, verächtlich schaut Papa auf mich, wenn ich studiere. – Warum? Weil ich vorwärts, aufwärts strebe, wenn daheim alles abwärts und zurück geht. Unmut und Traurigkeit trieben mich heute aus dem Hause. Nun sitz ich beim See, dem Dorado unserer Knabenzeit. Wie klein scheinst du mir jetzt, und wie groß warst du mir einstens. Damals umfaßest du eine Welt. Hier war Java, das Sonnenland. Auf diesen Felsen sonnten wir uns und stachen von hier aus in die See, hier teilten wir die Erde. Rechts hinter mir zwischen den Föhren auf einer Felsenplatte lag unser Ägypten. Am anderen Ende des Sees im kühlen Schatten der Föhren ragen Felsen aus dem Wasser, dort ist der See am tiefsten. Da war das Nordkap. Der Ärmelkanal, London, Hamburg und die Niederlande waren hier vertreten, und wir spielten Dampfer und durchkreuzten das Weltmeer. Knabenträume, Zeiten aus dem Paradies! Wohin seid ihr geflohen? Karl, wo bist du? Hörst du nicht? Ich rufe dich. Komm heraus aus dem Föhrenwald! Spielen wir weiter.

Ich habe geweint. Fast schäme ich mich dessen. Aber jetzt will ich meinen Heldenbruder preisen. Karl, wir haben einst davon gesprochen, daß wir jung im Kampfe fallen wollen. Das sei der schönste Tod. Als Held in blühender Jugend umsinken und tot sein – gibt es einen schöneren Tod? Karl, du bist diesen Tod gestorben. Ich sehe, wie Walküren deine bleiche Stirn küßten, wie du frei emporstiegst in höhere Sphären. Ich preise dich. Zwischen Helden lebst du jetzt weiter – in jenem Reiche, das du einst ersehnt hast, als du auf dem Felsen bei Corona lagst und in die sinkende Sonne schautest.

Ob der Umschwung im Verhalten des alten Doktors seinem Sohn gegenüber auf seine Müdigkeit und Überarbeitung zurückzuführen ist, oder ob es ein Vorbote jener Krankheit war, an der er dann sterben mußte?

Am 3. November dieses Jahres 1918 brach die Front gegen Italien zusammen, nachdem sich tschechische und ungarische Truppen geweigert hatten weiterzukämpfen. Der Rückzug artete zu einer wilden Flucht aus. Der Bürgermeister von Bozen rief das italienische Militär in die Stadt, um diese vor Plünderungen zu schützen. Peppi war in Innsbruck. Er hatte in den letzten Kriegstagen einen Studienurlaub bekommen und das Universitätsstudium begonnen. Als Fach hatte er Jus gewählt, weil, wie er schreibt, gerade im Rechtswesen vieles verbesserungs- und erneuerungsbedürftig war, und dafür nahm er sich vor, sich einzusetzen. Er beschreibt den Zusammenbruch so:

In Innsbruck nahm der Tiroler-Nationalrat die Regierung in die Hand. Es wurde ein Wehrausschuß d. i. eine Art Soldatenrat gebildet, der die ungewollte Folge hatte, daß jede Disziplin unter den Soldaten aufhörte. Die Soldaten rissen sich die Kokarden von den Kappen und forderten die Offiziere dazu auf dasselbe zu tun. Am Bahnhof wurde ein Lebensmittelzug geplündert usw.

Das Militärkommando hat den Mut sofort verloren, Stabsoffiziere verbrüderten sich mit Soldaten. Es war keine Truppe hier, die imstande gewesen wär, die Ord-

nung aufrecht zu erhalten. Eiligst wurde von der Stadt Innsbruck eine Volks- und Bürgerwehr gegründet, die in den nächsten Tagen der Situation gewachsen war. Plünderungen wurden verhindert, die von der Front zurückströmenden Truppen entwaffnet.

Traurig war der Anblick der zurückflutenden, einst so stolzen und mächtigen österreichischen Armee. Teils zu Fuß und teils auf Automobilen und Eisenbahnzügen kamen die Trümmer und Reste der österreichischen Armee zurück. Auf Waggondächern, Lokomotiven, Kohlenwagen saßen die Soldaten dicht gedrängt, und viele, die den Krieg überstanden, gingen durch ihre Unvorsichtigkeit zu Grunde. In den ersten Novembertagen wurden auf der Strecke Brenner Innsbruck über 230 Leichen geborgen, die von den fahrenden Zügen abgestürzt waren. In Innsbruck fehlte es an Totengräbern. Über eine Woche blieben die Leichen liegen. Die Kapuziner machten sich zu Totengräberdiensten bereit und begruben die Toten.

Am 8. Dezember findet Peppi bei Frau Pfeifer, bei der Karl in Innsbruck gewohnt hat, in dessen Koffer einen offenen Abschiedsbrief Karls an seinen Papa. Im Brief steht unter anderem:

... Ich ordnete meine Sachen, die ich übrigens vor meiner Abreise mit dem Marschbattaglion verpacken aber nicht schicken werde. Ich laß Euch mein Zeug dann von Frau Pfeifer schicken, wenn Ihr werdet erfahren haben, daß mir wirklich das zugestoßen ist, was ich ahne. Du glaubst gar nicht, was es heißt, wissen zu müssen, wenn ich ins Feld komme werde ich fallen.

Ach woher, das heißt gar nichts, mein Inneres bäumt sich gar nicht dagegen auf, ich bin so kalt und gefühllos diesem Ahnen gegenüber. ...

Brief vom 9. Juni 1916

Zumindest ist der Krieg jetzt aus. Aber eine neue Geißel bricht über das Land herein: die Spanische Grippe. Tag und Nacht läuft der alte Doktor von Krankenbett zu Krankenbett, viele sterben, besonders junge Leute zwischen 20 und 30 Jahren. Am letzten Tag diese unheilträchtigen Jahres steht im Tagebuch Peppis:

31. Dezember 1918 Di.

Immanuel Kant: Zum ewigen Frieden und Bruder Willram (Müller): Das blutige Jahr.

Ich lese in beiden Werken schon seit einigen Tagen. Die beiden Werke haben nichts miteinander zu tun. Trotzdem nenne ich es einen glücklichen Zufall, daß beide zu gleicher Zeit in meine Hand gekommen sind. „Das blutige Jahr" ist ein trauriges Kulturdokument unserer Zeit. Der Dichter ist ein katholischer Geistlicher, ein Priester Christi. Wie dieser dazukommt, sich Priester Christi zu nennen, verstehe ich nicht. Mit den Ideen des Christentums hat er wahrlich nichts zu tun. So singt er:

„Hätt' ich ein Schwert, es flöge
Aus meiner Scheide kühn;
Und wenn ich dürft' – ich zöge –
Mit Euch ins rote Blühn!
Wo Ruhmesrosen sprießen
Auf kampfgepflügter Heid
Und Bäche Blutes fließen
Aus Wunden tief und breit;"
u.s.w. oder
„Herr –
Und segne das Herz und segne die Faust
Mit Kraft und trotzigem Mute,
Daß selbst dem Tod und dem Teufel graust
Wenn's rings von Hieben und Kugeln saust –
Und wir uns baden im Blute!"

Kant schreibt:
„Nach einem beendigten Kriege, beim Friedensschlusse, möchte es wohl für ein Volk nicht unschicklich sein, daß nach dem Dankfeste ein Bußtag ausgeschrieben

würde, den Himmel im Namen des Staates, um Gnade für die große Versündigung anzurufen, die das menschliche Geschlecht sich noch immer zu Schulden kommen läßt, sich keiner gesetzlichen Verfassung im Verhältnis auf andere Völker fügen zu wollen, sondern stolz auf seine Unabhängigkeit, lieber das barbarische Mittel des Krieges (...) zu gebrauchen. – Die Dankfeste während dem Kriege über einen erfochtenen Sieg, die Hymnen, die (auf gut israelitisch) dem Herrn der Heerscharen gesungen werden, stehen mit der moralischen Idee des Vaters der Menschen in nicht minder starken Kontrast; weil sie außer der Gleichgültigkeit wegen der Art, wie Völker ihr gegenseitiges Recht suchen (die traurig genug ist), noch eine Freude hineinbringen, recht viele Menschen, oder ihr Glück vernichtet zu haben.

12. Jänner 1919.

Ich schreibe Karls Tagebücher ab – die Kämpfe am Pasubio – schreckliche Szenen. Karl, du hast es nicht erlebt, heute, jetzt spielt die italienische Militärmusik vor meinem Fenster – hier in Innsbruck – und du hast dich so tapfer geschlagen und selbst dein Leben gelassen, um unserer Heimat willen. Vergebens, umsonst war alles.

Es wurde im Laufe dieses Jahres immer sicherer, daß der südliche Teil Tirols bis zum Brenner bei Italien bleiben würde. Das es so kommen werde, hatte Josef Anton schon kurz vor dem Kriegseintritt Italiens vorausgesagt. Peppi beschloß daher, ein Jahr in Rom weiterzustudieren. Rom zog ihn auch wegen seiner Kunstschätze an. Es wurde das sein erstes Zusammentreffen mit dem wirklichen Italien. Doch das wiederzugeben, was er dort erlebte in Ministerien und Hochschulen mit unehrlichen Fiakern und anderen Gaunern, aber auch mit netten und hilfsbereiten Leuten, würde diese Erzählung sprengen. Wir wenden uns daher wieder dem Regglberg zu, wo der alte Doktor weiterhin mit seinem ausgeprägten Pflichtbewußtsein seinen schweren Dienst versah. Auch Hedwig mußte schwer arbeiten: teilweise am Hof, aber meistens doch im Doktorhaus. Die Marie war in diesen Jahren oft in Deutschnofen, um ihre kranke Mutter, die an Alterstuberkulose litt, und ihren kränklichen Bruder Karl zu pflegen. So mußte Hedwig meistens auch alle Hausarbeiten machen. Dazu wurde ihr auch noch die Führung der Hausapotheke übertragen. Ihr Vater erklärte ihr die Heilmittellehre. Dabei wirkte Josef Anton nie wie ein Lehrer. Er gab kurze Anweisungen und drückte ihr die Arzneimittellehre in die Hand und sagte: „Hier findest du alles, schaue immer genau nach und sei genau.“ Bald konnte sie komplizierte Rezepturen zusammenstellen. Auch durfte sie seine Ärztezeitschrift die „Wiener Klinik“ lesen. Hedwig ging jetzt ihrem alternden Vater viel zur Hand. Wenn nachts die Hausglocke läutete, öffnete sie, und wenn die Leute mit Zahnschmerzen, Husten oder anderen leichten Wehwehchen daherkamen, verteilte sie schmerzlindernde oder andere Mittel und weckte ihren Vater nur bei schwereren Fällen. Morphium wurde damals hierzulande noch nicht als Rauschmittel verwendet, es war noch Medikament. An Leute mit schmerzhafter Tuberkulose und Krebs verteilte Hedwig immer wieder diese Droge mit genauer Angabe der Tagesdosis. Auch die Soldaten, die ins Feld gingen, nahmen Morphium mit, um bei schweren Verwundungen die Schmerzen zu betäuben.

Sie half ihrem Vater Wund- und Gipsverbände anlegen und ging auch öfters nach Bozen, um dort Arzneien und anderes für Doktorhaus und Steinmetzhof einzukaufen. Mit seiner Tochter war der alte Doktor immer gut und freundlich. Einmal sagte er zu ihr: „Du tust mir heute schon leid, weil du mit mir noch viel Mühe und Plage haben wirst.“

Hedwig bekam jetzt ab und zu einen Brief von einem jungen Arzt namens Karl Voigt, ihrem späteren Lebensgefährten.

Einmal mußte sie frühmorgens dringend zum Steinmetz und dachte nicht daran, daß sie einige Briefe unter ihrem Kopfkissen liegen gelassen hatte. Beim Bettenmachen fand Marie die Briefe und brachte sie etwas später dem Doktor mit den Worten: „Da lesen Sie." Der Doktor schaute, an wen die Briefe gerichtet waren und schob sie ohne sie zu lesen in einen größeren Umschlag. Zur Marie sagte er strafend: „Du hast sie gelesen – das tut man nicht." Er klebte den Umschlag zu, adressierte denselben und schickte ihn mit einem Boten der Hedwig nach zum Steinmetz.

Verkehrsunfälle und Verkehrstote hat es auch damals immer wieder gegeben, wenn die Ursachen auch andere waren als heute. Ein eigenartiger „Verkehrsunfall" widerfuhr auch dem alten Doktor. Da ihn die weiten Krankengänge oft übermäßig ermüdeten, lieh er sich manchmal beim Müller im Blätterbach einen Esel aus, um sich vom selben durch den steilen Wastlberg, an den Schlundlöchern vorbei, nach dem 1600 m hoch gelegenen Radein hinauftragen zu lassen. Einmal an einem besonders heißen Tag versuchte der von Fliegen und Bremsen geplagte Esel ein kühles Plätzchen zu erreichen. Als solches schien ihm der Schatten unter dem Gewölbe einer Stadelbrücke besonders geeignet, und er rannte geradewegs darauf zu. Der Doktor sah zwar die Gefahr, doch da sich das störrische Tier vom gefaßten Entschluß nicht mehr abbringen ließ, versuchte er seinen Kopf durch Bücken zu retten. Aber es half alles nichts, das Gewölbe war zu nieder, der Kopf schlug auf dem Steinbogen auf. Glücklicherweise rissen die Sattelriemen. Sattel und Reiter rutschten über das Hinterteil des Esels hinaus und landeten am Boden. Der starke Filzhut, den der alte Doktor immer trug, hatte den Aufschlag zwar gemildert, trotzdem bekam er zur leichten Gehirnerschütterung noch einen ansehnlichen „Pingl" dazu.

Von seinem Sohn Josef Streli in Innsbruck erhielt er im Juli einen Brief. Der Briefwechsel zwischen diesen beiden war auch durch den Krieg nie unterbrochen worden.

Sehr geehrter Herr Vormund!

Durch die Bank für Tirol und Vorarlberg wurde mir heute ein Betrag von 6590 Kr. angewiesen. Die Tatsache, Herr Vormund, daß Sie immer wieder materielle Opfer von namhafter Höhe bringen, drängt mir nachgerade die Frage auf, ob ich Ihre Güte nicht ungerechtfertigt in Anspruch nehme. Jedenfalls kann ich Ihnen die Mitteilung machen, daß ich so viel verdiene, daß wir ohne Aufwand so ziemlich unser Auskommen finden. Der Gedanke, daß Sie durch Ihre großmütigen Spenden sich persönliche Opfer auferlegen, wäre für mich wirklich peinlich, umsomehr da ich tatsächlich mit meinem Einkommen das Auslangen finde. Für Ihre Großmut bitte ich Sie, meinen u. meiner Angehörigen herzlichsten Dank entgegenzunehmen.
Bei uns hat sich in letzter Zeit nicht viel geändert. Wir sind alle gesund, auch die Mutter ist immer noch ganz rüstig. Mein Bub macht heuer die Aufnahmeprüfung für die Realschule. Das Mädel kommt in die 5. Klasse Volksschule. Ich selbst bin vorläufig noch immer der Bahnpost zugeteilt u. mehr auswärts als daheim. Wir bebauen ein kleines Grundstück, das zum Häuserl gehört, seit 3 Jahren selber u. haben während der schlechten Ernährungskrise dadurch immer eine nette Zubuße gehabt.
Ich habe nun wohl Ihre Zeit durch die Schilderung meiner Verhältnisse bereits zu lange in Anspruch genommen u. werde mich beeilen, rasch zum Schluße zu kommen. Ich sage Ihnen nochmals meinen besten u. aufrichtigsten Dank u. bitte Sie für die Zukunft mir Ihre Gewogenheit zu erhalten.

Innsbruck am 1. Juli 1921
Josef Streli

Josef Anton alterte jetzt rasch, und er sah die Zeit kommen, wo es ihm nicht mehr möglich wäre, den Sprengel zu versorgen. Er suchte um Pensionierung an und kündigte der Gemeinde Aldein seine Stelle mit Jahresende 1921.

In Petersberg fand er eine Wohnung im alten, heute nicht mehr existierenden Bäckenhaus, welches in Besitz des Klosters Weißenstein übergegangen war. Am 19. November 1921 promovierte Peppi in Innsbruck zum Doktor der Rechtswissenschaft. Um die Weihnachtszeit desselben Jahres übersiedelte der alte Doktor von Aldein nach Petersberg. Zu Anfang des Jahres 1922 konnte er noch mit einem Pferdeschlitten Krankenbesuche machen. Im Frühjahr stellten sich jedoch Lähmungserscheinungen ein, und nach einiger Zeit konnte er nicht mehr außer Haus gehen. Hedwig hatte jetzt viel Mühe mit seiner Pflege, besonders die Nächte waren streng. Er wollte, daß auf seinem Nachtkästchen die Petroleumlampe brenne. Hedwig sorgte sich, daß er sie umwerfe und einen Brand verursache. So wachte sie, bis er endlich einschlief, sie die Lampe auf den Tisch stellen und sich selber niederlegen konnte. Beim Steinmetz war als Häuserin die Leadner-Mena* angestellt. Diese kam nun ins Doktorhaus, um bei der Pflege zu helfen. Der Hof wurde an den Lochseppl verpachtet, weil kein Geld mehr da war, die Dienstboten zu zahlen. Untertags wurde Josef Anton immer angekleidet auf einen Stuhl herausgesetzt und konnte so Zeitungen und Bücher lesen. Eines Tages las er in der Zeitung, daß am 1. April auf der Insel Madeira im Atlantischen Ozean, der dorthin verbannte Karl I., der letzte Kaiser Österreichs, gestorben war. Er zeigte den Bericht der Mena und sagte traurig: „Schau Mena, der hinterläßt die Frau und sieben oder acht kleine Kinder – die Leute werden in Not sein – ich muß mich erkundigen – es sind Verwandte von mir, und ich müßte ihnen helfen.“ Mena erzählte das Gespräch der Hedwig und erzählte ihr auch vom Gerede über die Herkunft des alten Doktors, schon bevor dieser nach Deutschnofen gekommen war. Hedwig wollte ihren Vater nicht durch Fragen belästigen oder aufregen. Es war ihr auch von klein auf gesagt worden, sie dürfe nie nach den Eltern

---

* Philomena Brunner vulgo Leadner-Mena, siehe auch S. 28 und S. 101.

ihres Vaters fragen. Er selber kam auf den Wunsch, helfen zu wollen, nicht mehr zurück. Vielleicht hat er es wieder vergessen oder eingesehen, daß er in seiner eigenen schlimmen Situation keine Möglichkeit mehr hatte zu helfen. Seine finanzielle Lage war nicht mehr die beste. Er verdiente schon eine Weile nichts mehr, früher Erspartes war durch Krieg und Inflation verlorengegangen, und die Pension wurde immer noch nicht ausgezahlt. Der Zustand des Kranken wurde immer schlimmer. Es passierte jetzt öfters, daß er beim Niedersitzen den Stuhl verfehlte und auf dem Boden zu sitzen kam. Er saß dann am Boden, bis Hedwig kam und ihm wieder aufhalf. Von der Mena oder anderen Personen ließ er sich nicht aufhelfen; er sagte: „Lassen Sie nur, das macht schon die Hedwig." Auch wollte er nur das essen, was Hedwig gekocht hatte und freute sich immer auf das Essen. Magenbeschwerden hatte er jetzt keine mehr. Peppi, der in Meran in einer Anwaltskanzlei praktizierte, kam immer wieder einmal auf Besuch. Er war aber nie gerne bei Kranken und hielt sich mehr beim Steinmetz auf. Der Sommer ging vorüber, die Tage wurden kürzer. Wenn abends die Sonne untergegangen war und das Licht abnahm, fand Hedwig endlich Zeit ein wenig auszuruhen. Sie und ihr Vater liebten diese Dämmerstunden, die in Petersberg besonders schön sind. Oft saßen sie schweigend da, bis über dem Roen und den hundert Spitzen der Ortlergruppe der letzte rotgoldene Lichtstreif verschwunden war und die ersten Sterne am Himmel erschienen. Dann erst wurde die Petroleumlampe angezündet. In einer dieser Dämmerstunden saß Hedwig am Fenster und sah in den verlöschenden Abend hinaus, da sagte ihr Vater halblaut: „Anna". Ein Weilchen sagte Hedwig nichts, dann fragte sie: „Denkst du noch manchmal an Anna?" „Ja" - sagte er – „ich denke an die Anna. Aber du bist nicht die Anna, du bist die Hedwig." Hedwig fragte: „Sehe ich der Mama so ähnlich, daß du vorher zu mir Anna gesagt hast?" – „Du siehst ihr schon ähnlich, du bist aber nicht so blond wie sie." Nach einer Weile fügte er hinzu: „Die Anna war eine feine Frau, aber du bist noch feiner und so geduldig.“ Es war dies das letzte längere Gespräch, das Hedwig mit ihrem Vater führte. Mitte November bekam er Fieber. Der Arzt stellte Lungenentzündung fest und sagte, daß es wenig Hoffnung auf Genesung gäbe. Josef Anton bekam die Sterbesakramente. In den Dämmerstunden saß Hedwig traurig neben dem Kranken und mußte zuhören, wie die Musikkapelle Petersberg im nahen Widenstadel Trauerweisen für das zu erwartende Begräbnis einübte. Beim Umbetten des Kranken gewahrte Hedwig, daß jene Brandnarbe, die ihm in seiner Kindheit zugefügt wurde, sich entzündete und rot anlief. Es kam die Nacht vom 13. auf den 14. November. Da begann Josef Anton im Fieber italienisch zu reden. Sein Geist war in die Zeit seiner Kindheit zurückgekehrt. Zurück nach Brentonico, auf die Almen am Fuße des Monte Baldo. In brenteganischem Dialekt redete er mit Mutter Rosa. Zwischendurch schlief er immer wieder ein. Am Morgen kam Peppi. Er und Hedwig drückten ihrem lieben Papa die Hand und versprachen ihm brav zu bleiben. Der Sterbende lächelte, und zwei Tränen liefen über seine Wangen. Als um 12 Uhr mittags die Glocke vom Petersberger Kirchturm das dreimalige Ave verkündet hatte und der letzte Glockenton verstummte, war der alte Doktor für immer eingeschlafen. Es war der 14. November 1922. Acht Tage später jährte sich der fünfte Todestag seines Sohnes Karl, zu dem er ins Grab gelegt worden war.*

* Am 8. Dezember desselben Jahres starb in Innsbruck Maria Streli; sie wurde auf dem Höttinger Friedhof begraben.

Printed in Poland
by Amazon Fulfillment
Poland Sp. z o.o., Wrocław

12662794R00101